깡패 진희

깡패 진희

ⓒ 2003 글 장주식 · 그림 임양

1판 1쇄 2003년 11월 5일 | 1판 7쇄 2018년 5월 29일

글쓴이 장주식 | 그린이 임양 | 펴낸이 염현숙

책임편집 염현숙 원선화 염미희 김유정 | 디자인 박정은 정연화

마케팅 정민호 박보람 나해진 우상욱 | 홍보 김희숙 김상만 이천희

제작 강신은 김동욱 임현식 | 제작처 한영문화사

펴낸곳 (주)문학동네 | 출판등록 1993년 10월 22일 제406-2003-000045호

주소 10881 경기도 파주시 회동길 210

전자우편 kids@munhak.com | 홈페이지 www.munhak.com

카페 cafe.naver.com/mhdn | 페이스북 facebook.com/kidsmunhak

트위터 @kidsmunhak | 북클럽 bookclubmunhak.com

대표전화 (031)955-8888 팩스 (031)955-8855

문의전화 (031)955-8890(마케팅) (02)3144-3238(편집)

ISBN 89-8281-753-0 03810

이 도서의 국립중앙도서관 출판예정도서목록(CIP)은 서지정보유통지원시스템 홈페이지(http://seoji.nl.go.kr)와
국가자료공동목록시스템(http://www.nl.go.kr/kolisnet)에서 이용하실 수 있습니다.(CIP제어번호: CIP2005001329)

어린이제품 안전특별법에 의한 기타표시사항 제품명 도서 | 제조자명 (주)문학동네 | 제조국명 한국 | 사용연령 11세 이상

깡패
진희

장주식 글 | 임양 그림

문학동네

|차례|

깡패 진희

1

"야? 뉘시라고요? 아, 선상님이시라구? 내가 귀가 잘 안 들리서……."

담임이 전화를 한 모양이다. 에라, 모른 척하자. 나는 이불을 뒤집어썼다. 학교에 가기 싫다. 하루 내내 따분하기만 한 학교. 집에서 낮잠이나 자는 게 낫다. 아니, 딱 한 가지 좋은 건 있다. 점심이다. 집에서야 거의 할머니가 끓여 주는 라면으로 점심을 때우지만, 학교에선 급식을 하니까. 그게 좀 아쉽기는 하지만 까부는 자식들 꼴을 안 보니 속이 다 시원하다. 이불을 뒤집어쓰고 있는데도 할머니의 목소리가 들린다.

"울 진희는 오늘 학교 안 가는 날이라 하던데요? 아직 자빠

져 자고 있는데……."

이크, 들켰구나. 하여간 할머니는 도움이 안 된다니까. 아,
그런데 저 담임은 왜 전화는 하고 난리야. 작년 담임처럼 결석
해도 그만, 학교에 있다가 중간에 집에 가도 그만, 그렇게 좀
무관심하면 얼마나 좋아. 겨우 한두 해 있다가 갈 거면서. 지금
6학년인 우리가 학교에선 사실 터줏대감이다. 선생들은 길게
있어 봐야 고작 3년이니까. 첨에 왔을 때는 우리가 좀 불쌍해
보이는지 정성을 들이다가 이내 무관심해지는 사람들. 선생들
은 다 그렇다. 올해 전근 와서 아직 한 달이 안 된 우리 담임도,
전에 있던 선생들 처음 얼굴하고 똑같은 표정을 짓고 다닌다.
참 가소롭다.

"이눔 기집애. 빨리 못 일어나나."

할머니가 이불을 확 젖힌다. 나는 할 수 있는 한 바짝 몸을
옹크렸다. 할머니가 엉덩이를 걷어찬다.

"민희 데리고 학교 가라, 빨리. 못된 기집애가 거짓말만 늘
어 갖고……."

"아이씨, 아파. 왜 엉덩이는 차고 그래."

나는 할 수 없이 일어났다. 세수는 하는 둥 마는 둥 하고 가
방을 찾아 맸다. 가방 속엔 뭐가 들었는지 나도 잘 모른다. 그

러고 보니 가방을 열어 본 지도 꽤 오래되었다.

"민희는 어딨어?"

"마당에."

밖을 보니 민희가 혼자서 흙장난을 하고 있다. 할머니가 챙겨 주는 민희 가방을 받아들고 마당으로 나오자 나한테 톡톡 뛰어온다.

"언니, 학교 가게?"

"그래, 이 기집애야. 너는 왜 유치원 안 갔어?"

"피, 언니도 학교 안 가면서, 왜 나만 가래!"

어쭈, 요게 겁대가리 없이. 날마다 맞으면서도 여전히 까분다. 나는 민희 머리에 꿀밤을 세게 먹였다.

"아야, 하……할머니!"

민희 요 기집애가 머리를 싸쥐고 할머니를 부른다. 나는 잽싸게 민희의 어깨를 잡아 돌려세우며 엉덩이를 걷어찼다.

"더 얻어터지기 전에 빨리 걸어."

잔뜩 겁을 주자, 민희는 군말 없이 대문을 나선다. 눈에는 눈물이 글썽글썽하다. 좀 불쌍하긴 하지만 어쩔 수 없다. 엄마가 집을 나간 뒤로 민희는 순전히 내 차지가 돼 버렸다. 할머니는 잘 걷지도 못하는 데다가 민희가 떼를 쓰고 울어 대면 "이 그 불쌍한 것” 하면서 허둥대기만 한다. 그럴 때면 아빠는 있는 대로 고함을 지르고, 민희는 꺽꺽대다가 겁이 나서 울음을 뚝 그치곤 했다. 아빠는 내가 민희를 때리는 걸 허락했다.

　“말 안 들으면 때려. 때리면 말 들으니까.”

　아빠가 나에게 한 말이다. 그 뒤로는 아빠 보는 앞에서 민희를 두드려 패도 아빠는 못 본 척했다. 다만,

　“다치게 때리진 마라. 친구들 보는 앞에선 때리지 말고. 말 안 들을 때만 때려.”

했을 뿐이다. 역시 아빠답다. 엄마를 발로 차고, 그것도 모자라 머리끄덩이를 끌고 다닌 아빠니까. 엄마가 집 나간 지 한 달 만에 만났을 때 했던 말이 생각난다. 집을 나간 뒤로 병원에서 빨래를 한다는 엄마는,

　“니들 아빠 손버릇 고치기 전에는 집에 못 간다. 니가 고생스럽더라도 좀 참고, 민희 잘 보살펴라.”

하면서 눈물을 흘렸다. 하지만 난 울지 않았다. 그리고 민희를 잘 보살피겠다는 대답도 안 했다. 물론 민희를 두드려 패고 있다는 말도 안 했다. 엄마가 사 준 피자만 배 터지게 먹고 터덜터덜 돌아왔을 뿐이다.

　운동장은 텅 비어 있다. 민희를 병설 유치원으로 들여보내

고 교실로 갔다. 조용하다. 에이씨. 좀 쪽팔리지만 교실 문을 드르륵 열고 들어갔다. 애들이 다 돌아본다. 담임도 본다.

"진희 왔니?"

담임이 환하게 웃는다. 저 웃음이 얼마나 갈까. 나는 있는 대로 얼굴을 찌푸리며 자리로 갔다. 한 반이래야 열 명밖에 안 되니까 둥글게 앉는다. 에이씨, 큰 학교면 얼마나 좋아. 선생 눈에 잘 안 띄는 뒷자리 구석에 앉아서 잠이나 자든가 낙서나 할 텐데. 한눈에 다 보이니까 딴짓도 못 한다. 꼼짝없이 앉아 있자니 참 미치겠다.

"진희가 와서 다행이다. 다음 시간에 자연놀이 갈 건데."

담임은 여전히 웃으면서 말한다. 그런 담임이 밉지 않다. 자연놀이를 간다니 다행이다. 일 주일에 한 번씩 가는 자연놀이는 맘에 든다. 답답한 교실에 앉아 있지 않고 한두 시간 정도 산과 들로 다니면서 노는 거니까. 담임 말은 자연 공부라고 하지만 어쨌든 좋다.

"뒷산에 진달래 피었더라. 자세히 살펴보자. 관찰해서 그림도 그리고."

"빨리 가요. 선생님."

아이들이 우르르 몰려 나갔다. 학교 뒷문을 나서 뒷산으로 올라갔다. 진달래가 진짜 잔뜩 피어 있다. 산이 다 환하다. 아이들은 지들끼리 짝을 지어서 간다. '날으는 돼지껍데기' 뚱뚱보 솔이 년은 은실이 손을 잡고 간다. '원숭이' 예진이하고 '목 없는 애'(목이 짧다고 붙은 별명이다) 연주, 그리고 상미 년은 셋이서 꼭 붙어 간다. 우리 반은 남자 넷에 여자 여섯이다. 그러니 나는 혼자 걸어간다. 사실 나는 '따'다. 기집애고 머슴애고 다 나를 보면 슬슬 피한다. 혼자 걸어가는 게 쪽팔리기도 하고 부아가 슬슬 치밀어 오르는 판에 기철이 녀석이 딱 걸렸다. 머슴애들끼리 장난을 친 모양인데 기철이 녀석이 던진 나무 작대기가 내 팔에 맞았다. 잘 걸렸다! 내가 돌아서서 째려보니 녀석이 동만이 뒤로 슬슬 숨는다. 그렇다고 내가 가만 둘쏘냐. 대번에 달려가서 녀석의 머리를 옆구리에 끼고 주먹으로 알밤을 먹였다.

"으악, 이 깡패가……. 선생니임!"

맞다. 내 별명은 깡패다. 애들이고 선생들이고 다 날 깡패라고 부른다. 기철이 녀석의 비명을 들은 담임이 뒤돌아보더니 소리쳤다.

"뭐 하는 짓이니? 진희야. 그만 하지 못해!"

담임이 쫓아와서 내 팔을 잡아당겼다. 나는 못 이기는 척 팔을 풀었다. 어이구, 지겨운 잔소리 또 듣게 생겼구나 하고 인상을 쓰고 있는데, 뜻밖이었다.

"꽃이 저렇게 예쁜데, 니들은 꽃은 안 보고 쌈질만 하냐?"

담임은 화를 내지 않았다. 말이 부드러웠다. 나는 신기해서 담임을 다시 한 번 쳐다보았다. 담임은 날 보고 씩 웃더니 다시 앞장서서 걸었다. 흥, 그래 봤자 두 달이지. 다른 선생들처럼 "나는 시골이 안 맞아." 하고 가 버릴걸.

산을 이리저리 돌아다니다가 진달래 무더기가 가장 많은 곳을 찾아서 자리를 잡았다.

"꽃잎을 잘 살펴보고 본 대로 그려 봐."

담임의 말에 아이들이 자리를 잡고 앉았다. 기집애들은 앉을 때도 꼭 붙어 앉는다. 나는 또 혼자다. 하지만 그림 그리는 건 그런대로 재미있다. 나는 솔이 년 스케치북을 한 장 찢고, 연필까지 하나 뺏어서 그림을 그렸다. 진달래 꽃송이를 한참 그리고 있는데,

"이야, 똑같은데! 똑같아! 참 잘 그렸다."

담임이 얼굴을 들이밀고 내 그림을 본다. 나는 도화지를 확 뒤집었다. 하지만 곧 담임에게 뺏겨 버렸다. 담임은 그림을 들고 아이들을 불러 모아 보여 주었다.

"어떠니? 보고 그리는 건 이렇게 똑같이 그리는 게 중요해. 진희처럼 말이야."

"진희는 원래 그림은 잘 그려요."

"만화 베끼는 건 도사래요."

기집애들이 담임에게 일러바친다. 나는 발로 흙덩이를 걷어차며 딴청을 부렸지만, 담임이 칭찬하는 소리가 듣기 싫진 않았다. 힐끔 담임을 돌아보는데, 눈이 딱 마주쳤다. 담임이 빙그레 웃어 주었다. 웃는 얼굴이 참 예쁘다는 생각이 들었다.

2

그런대로 학교 다닐 맛이 난다. 이번 담임은 좀 다르다는 생각도 든다. 화도 잘 안 내고, 출장도 잘 안 가고 우리와 잘 놀아 준다. 얼마 전 민희의 이빨이 빠졌을 땐 담임이 고맙다는 생각까지 들었다. 물론 고맙다는 말은 안 했지만.

등나무 교실에서 놀고 있을 때였다. 우리는 돌의자 사이를 건너뛰며 놀았다. 그런데 민희 기집애가 건방지게 언니들 따라 논다고 폴짝폴짝 돌의자 사이를 뛰어다니다가 엎어져서 돌의자에 입을 박았다. 귀를 찢는 소리를 지르며 숨넘어갈 듯 울어 젖히는데, 입에서 피가 줄줄 흘러나왔다. 솔직히 되게 놀랐다. 어쩔 줄 모르고 허둥대면서 울지 말라고 기집애를 억박지르는데, 어디선가 담임이 달려왔다. 담임은 손가방에서 휴지를 꺼내더니 피부터 닦았다. 피는 닦아도 계속 나왔다. 침하고 섞여 핏덩이가 흘러나왔다. 옆에 있던 애들이 다 파랗게 질려서 지켜보고만 있는데, 담임은 침착했다. 피를 닦아 내고 민희 입 안을 살펴보고 나서,

"괜찮아. 흔들리던 이빨이 빠진 거야."

하면서 휴지를 펴서 보여 주었다. 시뻘건 피가 잔뜩 묻어 있는 이빨이 있었다. 나는 안심이 되었다.

"민희야, 울지 마. 괜찮아. 이빨 빠진 거야. 잘된 거지 뭐."

담임의 부드러운 말에 민희 울음소리가 작아졌다. 그 때 난 좀 창피한 말이지만, 찔끔 눈물이 나올 뻔했다. 담임의 부드러운 말 소리가 마치 엄마의 다정한 말 소리처럼 들렸기 때문이다. 나는 얼른 민희를 데리고 돌아섰다. 담임이 뒤에서 소리쳤다.

"진희야, 피가 나면 뱉게 하고, 입은 물로 못 헹구게 해. 피는 나오다 멎을 거야."

나는 담임 말대로 했다. 정말 피는 곧 멋었다. 민희 기집애는 피가 멋으니까 울지도 않고 잘 놀았다.

봄이 다 지나고 여름이 왔다. 나는 여전히 왕따였지만 애들을 덜 때렸다. 애들을 때리면 담임이 싫어했다. 꼭 담임이 싫어서 그런 건 아니었지만, 애들을 때리고 싶은 마음이 별로 없었다.

여름 방학이 돌아오자 좋은 일이 생겼다. 서울에서 대학생들이 온 것이다. 농촌 봉사 활동을 왔다고 했는데, 우리 마을 회관에서 먹고 자고 했다. 대학생들은 주로 할아버지, 할머니, 혼자서 농사 짓는 집을 도와주었다. 밤에는 마을 아이들을 모아 영화도 보여 주고, 모닥불을 피워 놓고 노래도 불렀다. 거기서 태식이 오빠를 만났다. 키도 크고, 잘생긴 데다가 노래도 잘 불렀다. 물론 몸매도 날씬했다. 내가 좋아하는 점은 다 갖춘 것이다. 어느 날 밤, 모닥불 놀이를 할 때 오빠가 옆에 앉아서 말했다.

"나도 농촌에서 자랐어. 지금은 서울에서 대학을 다니지만, 농촌은 어디나 고향 같아. 너는 농촌이 어떠니?"

"오빠, 저는 서울 같은 큰 도시에서 살고 싶어요."

"도시가 뭐가 좋아? 복잡하고, 공기도 나쁘고……."

"하지만 사람들은 도시에서 많이 살잖아요. 우리 반 애들 중에서도 시골에서 살겠다는 애들은 하나도 없어요. 중학교는 도시에 있는 학교로 간다는 애들도 많은데요, 뭐."

"글쎄, 참 큰일이야. 농촌에 점점 사람이 없어지니 말이야."

오빠하고 그런 진지한 얘기를 나누기도 했다. 오빤 내가 깡패인 줄도 모르니까. 나는 오빠가 좋았다. 그래서 오빠들이 봉사 활동 갈 때면 따라다니곤 했다. 그러던 어느 날, 태식 오빠가 슬퍼 보이는 눈으로 나를 보면서 말했다.

"진희야, 네가 그렇게 힘든 줄 몰랐어."

나는 궁금한 얼굴로 오빠를 쳐다보았다.

"아픈 할머니에, 어린 동생에, 아버지는……."

아우씨, 나는 창피해서 죽는 줄 알았다. 우리 집 얘기를 누가 해 줬는지, 알면 죽여 버리고 싶었다. 내가 좋아하는 오빠에게 구질구질한 얘기나 들어야 하다니. 요 조그만 마을에서, 언젠가 알게 될 거라고 예상은 했지만 말이다. 더구나 아빠 얘기까지……. 정말 미치겠다.

남들은 아빠를 술주정꾼에다가 폭력이나 휘두르는 그런 사람이라고 말한다. 틀림없이 태식이 오빠도 그렇게 들었을 것이다. 하지만 아빠 내 말은 잘 듣는다. 술 먹고 주정 부릴 때 빼고는 내가 하자는 대로 한다. 한밤중에 과자 사러 가자고 해도 차를 몰고 가게까지 가 줄 정도이다. 엄마가 집을 나간 뒤로는 내 말을 더 잘 들어 준다. 그래서 엄마가 없어도 그럭저럭 살아가고 있는 것이다. 나한테 잘하는 것 때문에 아빠를 미워하지 않고 견디는 중이다. 그런데…… 에이씨. 나는 오빠 얼굴을 바로 보지 못했다. 아빠가 미워 죽겠다.

"사람은 누구나 다 아픔을 갖고 있단다……."

아, 지겨워진다. 어른들 잔소리에 안 그래도 짜증이 팍팍 나는데, 오빠마저 잔소리를 늘어놓으려고 한다. 나는 얼굴을 찌푸리며 말했다.

"잘 이겨 내라고 하려는 거죠?"

내 말투가 불쾌하게 들렸나 보다. 오빠가 날 물끄러미 바라보더니,

"왜? 듣기 싫으니?"

하고 물었다. 나는 얼른 고개를 끄덕였다. 오빠가 피식 웃는다.

"그렇겠지. 오죽 많이 들었겠니. 이해한다."

그럼 그렇지. 오빠랑은 역시 마음이 통한다. 나는 찌푸렸던 얼굴을 펴고 밝은 목소리로 말했다.

"오빠, 서울 가면 메일 보내 줄 거죠?"

"그래. 너도 바로 답메일 보내야 된다."

"당근이지."

오빠는 이틀인가 더 있다가 돌아갔다. 오빠가 떠난 그 날 밤 나는 바로 메일을 보냈다. 오빠들이 없으니까 심심하다는 내용이었다. 메일을 보낸 뒤로 하루에도 몇 번씩 메일함을 열어 봤다. 답장이 없었다. '수신 확인'을 눌러 봤다. '읽지 않음'. 며칠 동안 계속 메일을 열어 보고 수신 확인을 해 봤지만 마찬가지다. 처음엔 슬며시 화가 났지만 차차 메일 기다리는 것도 시들해졌다. 태식이 오빠가 얄미웠다. 괜히 할머니한테 짜증도 부리고, 민희를 두드려 패기도 했다. 그 뒤로 방구석에서 뒹굴다가, 잠을 자다가, 만화를 보다가 방학을 다 보냈다.

3

개학을 했다. 뭐, 즐거울 일 없는 곳이지만 습관처럼 터덜거리며 학교로 갔다. 그런데 방학 동안에 사건이 있었다. 바로 '날으는 돼지껍데기' 뚱뚱보 솔이가 그 사건의 주인공이었다.

은실이 년이 개학 첫날부터 재수 없게 늘어놓은 얘기는,

"솔이네 엄마 아빠 이혼했단다."

였다. 나는 귀가 번쩍 뜨였다. 하지만 별 관심 없는 듯한 얼굴을 했다. 기집애들이 은실이 옆에 몰려 앉아서 조잘댔다. 기집애들 얘기가 귀에 쏙쏙 들어왔다.

"서울인가 수원인가로 갔대, 솔이네 엄마."

"왜 이혼했대?"

"잘 모르지 뭐. 나도 동네 아줌마들이 하는 얘기를 들은 거니까. 요번 여름에 물난리 났잖아. 그 때 솔이네 고구마 밭이 물에 잠겼거든. 솔이네 농사는 그게 단데 말이야. 그 뒤로 안 싸운 날이 하루도 없대."

"그렇다고 이혼하냐?"

"어떤 남자하고 바람나서 도망갔다고 하던데? 아줌마들이."

"정말로? 이야, 어떤 남자래?"

"내가 그걸 어떻게 아냐?"

"솔이한테 물어보지."

"그런 걸 어떻게 물어보니?"

"솔이는 가르쳐 줄걸? 걘 원래 푼수기가 좀 있잖아."

예진이가 호호 웃으면서 솔이를 놀리듯 말한다. 순간 나는

벌떡 일어서면서 소리를 꽥 질렀다. 내가 왜 이러나 하는 생각을 하면서 말이다.

"야, 이년아. 그걸 지금 말이라고 하냐!"

"……."

기집애들이 눈을 동그랗게 뜨고 날 쳐다봤다.

"친구가 가슴 아픈 일을 당했는데, 위로는 못 해 줄망정. 참 못된 년들이다, 니들은."

"깡패가 웬일이냐? 그런 말을 다 하고."

예진이가 지지 않고 대든다. 나는 참을 수가 없어서 주먹을 쥐고 쫓아갔다. 예진이는 발딱 일어나더니,

"깡패 버릇 또 나온다!"

하고 소리치면서 뒷문으로 도망친다. 뒤를 보며 도망치다가 "아이쿠" 소리를 내질렀다. 솔이가 문을 밀고 들어오는 바람에 문에 부딪힌 것이다. 문을 가득 채우고 선 솔이를 보고, 모두 멈칫했다. 도망가던 예진이도, 쫓아가던 나도 모두 그 자리에서 버렸다. 아이들은 슬슬 솔이 눈치를 살폈다. 솔이는 교실 분위기가 이상한 듯 고개를 갸웃하더니,

"니들 왜 이리 조용하냐? 방학 동안 철들었냐? 어머! 예진아, 미안. 안 아프냐?"

하고 수다스럽게 떠들면서, 손으로 가리고 있는 예진이 이마를 들여다본다.

"이마가 발갛네. 아프겠다."

"아냐……. 괜찮아."

예진이가 우물쭈물하며 제자리로 갔다. 나도 그냥 내 자리로 가서 앉았다.

솔이는 달라진 게 아무것도 없는 듯이 보였다. 나도 모르게 자꾸 신경이 쓰여서 솔이를 살펴보았지만, 달라진 점을 찾을 수가 없었다. 진짜 예진이 말처럼 푼수는 푼순가 보다. 엄마 아빠가 이혼했는데도 어쩌면 저렇게 태연할까 싶은 게, 이해가 안 갔다. 덩치는 산만 한 것이 하는 짓은 꼭 1학년 같았다.

며칠 뒤 실과 시간의 일만 해도 그렇다. 실과 시간에 바느질을 하는데 솔이가 한 게 아주 예쁘게 되었다.

"이야, 너 생긴 것보다 솜씨 좋다."

은실이가 칭찬을 하자 솔이는 입이 함지박만 해져서 말했다.

"우리 엄마 닮아서 그래. 우리 엄마가 바느질을 얼마나 잘하는데. 우리 엄마는 한복도 만들 줄 알아."

그 때 까불이 기철이 녀석이 톡 끼어들었다.

"야, 돼지껍데기! 너 엄마 없잖아."

순간, 아이들이 얼어붙은 듯 꼼짝을 하지 않았다. 여자애들은 한꺼번에 기철이를 쏘아보고, 기철이 녀석도 아차 싶었는지 주둥이를 내밀고 딴청을 부렸다. 그런데 솔이는…… 참 내, 기가 막혀서.

"지금은 없지만…… 옛날에…… 엄마 있을 때……."

이러는 거다. 화도 안 내고 말이다. 나 같으면 기철이 녀석을 반쯤 죽도록 패 놓을 텐데. 원래 솔이가 화를 잘 안 내기는 하지만, 그런 상황에서 화를 안 내는 건 이해가 안 되다 못 해 신기할 정도였다. 참 어이가 없었다. 그 때부터 애들은 말을 함부로 했다. 툭하면 '엄마도 없는게……' 하면서 말이다.

그러던 어느 날, 마침내 일이 터졌다. 아침 자습 시간이었는데, 기철이 녀석이 솔이를 또 못살게 굴었다. 자존심이 팍팍 상하게 말이다.

"야, 냄새 나. 저리 가."

이게 기철이 말이었다. 솔이가 옷을 잘 안 빨아 입고 다니긴 한다. 엄마가 있을 때도 그랬으니, 지금은 더하다. 내가 생각해도 솔이 옆에 있을 땐 군내 같은 게 나긴 했다. 그래도 입 밖으로 내놓고 말하는 애들은 없었다.

기철이 녀석이 그 정도에서 그쳤으면 괜찮았을 텐데, 다음 말이 문제였다.

"엄마가 없으면 니가 빨면 되잖아. 완전 돼지우리 냄새가 난다니까. 미쳐, 미쳐."

솔이가 벌떡 일어났다. 얼굴이 시뻘개지더니 밖으로 뛰어나가 버렸다. 은실이가 기철이 머리를 쳤다.

"나쁜 놈이야, 넌."

하면서 말이다. 나는 재빨리 솔이를 따라 나갔다. 창고를 막 돌아가는 솔이의 뚱뚱한 몸이 보였다. 솔이는 창고 옆 밤나무 밑에 쪼그리고 앉아 머리를 무릎 사이에 파묻고 있었다. 나는 말없이 솔이 옆에 앉았다. 솔이의 어깨가 들썩였다. 나는 가만히 앉았다가 솔이의 어깨가 더 이상 들썩이지 않게 되자 말했다.

"기철이 녀석, 내가 반쯤 죽여 놓을게."

"아냐……."

솔이가 얼굴을 들었다. 눈물이 얼룩져 있었다.

"맞는 말인 걸 뭐. 냄새 나는 건 사실이잖아."

"그래도 그렇지, 고 깐죽이 녀석!"

"괜찮아……. 그런데 진희야."

"왜?"

"넌 엄마 없어도 아무렇지 않아?"

"난 차라리 속 편하다."

"그래?"

솔이가 이상하다는 얼굴로 바라봤다. 사실 난 그랬다. 엄마가 있을 땐 날이면 날마다 엄마 아빠가 싸워 대는 꼴을 보자니 미칠 지경이었다. 엄마가 집을 나간 뒤에는 싸우는 꼴을 보지 않으니 마음이 편했다.

"싸우는 꼴을 안 보니까 세상 살맛이 나는걸, 뭐."

솔이가 내 말에 고개를 푹 숙였다. 그러더니 작은 목소리로 말했다.

"우리 엄마 아빠도 툭하면 싸웠지만…… 그래도 난 엄마가 있으면 좋겠어……."

난 순간 속에서 화가 치밀었다. 입에서 욕이 절로 튀어나왔다.

"에이 씨팔. 오늘부터 기철이 녀석은 나한테 찍혔다. 들어가자, 솔아."

나는 솔이를 일으켜 세워 교실로 데리고 왔다. 교실로 들어가자마자 기철이 녀석을 발로 한 번 걷어차고 말했다.

"앞으로, 솔이 놀리는 자식은 나한테 죽는다!"

내가 주먹을 쥐고 흔들자 자식들이 찍소리도 못 했다. 그 날부터 나는 따를 면하게 되었다. 솔이가 나를 졸졸 따라다녔기 때문이다.

4

솔이는 눈에 띄게 풀이 죽어 갔다. 내가 생각하기엔 그랬다. 수다스럽게 떠들던 모습은 사라지고, '재미 없다'는 말만 되풀이했다. 공부 시간에도 담임이 준비물을 챙겨 주지 않으면 아무것도 할 수 없었다. 더구나 가끔 몸 군데군데에 피멍이 들어서 학교에 오곤 했다. 얼굴에까지 멍이 들어서 온 어느 날, 내가 물었다. 은행나무가 샛노랗게 물든 가을날이었다.

"왜 그래? 왜 얼굴에 멍이 들었어?"

"……."

솔이는 눈에 눈물만 그렁그렁한 채 말이 없었다. 나는 넘겨짚고 물었다.

"아빠한테 맞았지?"

"……."

솔이가 대답 없이 울음을 터뜨렸다. 화가 치밀었다.

"에이, 씨팔. 뭐 그러냐, 어른들이. 열 받아 미치겠다."

내가 방방 뛰자 솔이가 기어들어가는 목소리로 말했다.

"나…… 나…… 죽고 싶어……."

"뭐? 다시 말해 봐. 뭐라고?"

솔이는 대답이 없었다. 나는 순간 멍한 기분이 되었다. 나도 솔이와 같은 입장이었지만 죽고 싶다는 생각은 한 번도 해 보지 않았다. 나는 뭔가 솔이를 위로할 말을 찾았다. 부드러운 말로 위로를 해 주고 싶었지만 입에서 나오는 말은 전혀 달랐다.

"이 등신아. 씨팔! 죽기는 왜 죽냐? 무책임한 어른들한테 복수해야지."

솔이가 고개를 흔들었다. 그러거나 말거나 나는 계속했다.

"조금만 더 크면 나는 도시로 나갈 거다. 거기서 보란듯이 돈 벌고 폼 나게 살 거야. 참, 너 오빠 소개시켜 줄까?"

나는 퍼뜩 생각나는 게 있어서 말했다. 그 생각이 나 준 게 고맙기조차 했다. 나는 요즘 태식이 오빠랑 메일을 주고받고 있다. 방학 때 메일이 안 와서 원수같이 미웠는데 얼마 전부터 다시 연결이 되었다. 요즘 살맛이 나는 것도 그 때문이었다. 짜증 나거나 기분 나쁜 일이 있을 때 메일을 보내면 태식이 오빠는 정답게 답장을 보내 주었다. 태식이 오빠 메일을 읽고 있으면 이상하게 마음이 편해지곤 했다.

"야, 재미있어. 방학 때 왔었던 태식이 오빠 알지? 내가 오빠한테 친구 하나 소개시켜 달랄게. 메일 보내고 받고 하면 돼."

솔이가 더 크게 고개를 흔들었다.

"아냐. 난…… 그런 거 필요 없어……. 엄마가 있어야 돼. 많이 생각해 봤어……. 엄마가 없으면 아무것도 안 돼……. 그런데 나는……."

솔이가 털어 놓은 얘기는 이랬다. 어떻게 어떻게 수소문을 해서 수원에 있는 엄마를 찾아갔더란다. 솔이 엄마는 식당에서 일을 하고 있었는데, 솔이를 보더니 냉정하게 말했단다.

"나는 니 아빠가 싫다. 니 아빠가 싫으니 너도 싫어. 그리고 이제 니 아빠하고 난 남이야."

쫓겨 나오는 솔이 등 뒤에서 걸걸한 남자 목소리가 들렸단다.

"앞으로 쟤 못 오게 해!"

순간 솔이는 그 자리에 주저앉고 싶었지만 겨우 힘을 내서 집으로 돌아왔다고 했다. 그리고 엄마를 찾아간 게 아빠한테 들통이 나서 죽도록 맞은 거란다. 솔이가 말끝에 덧붙였다.

"너는 아빠가 각서만 쓰면 엄마가 돌아온다며? 너네 아빠는

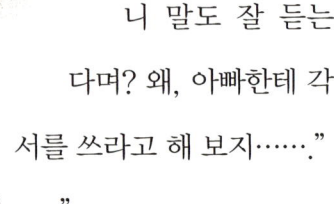

니 말도 잘 듣는

다며? 왜, 아빠한테 각

서를 쓰라고 해 보지……."

"……."

나는 대답할 말을 찾지 못했다. 참,

나는 왜 그 생각을 한 번도 안 했을까? 나

는 잠깐 머뭇거리다가, 생각나는 대로 말해

버렸다.

"그럼 너, 내가 우리 엄마 돌아오게 하면 죽고 싶다

는 말 취소할래?"

솔이가 눈을 동그랗게 뜨고 날 바라봤

다. 바라보다가 피식 웃으면서

말했다.

"니들 엄마 돌아

오는 거하고 나하고 무슨 상관인데?"

"야, 왜 상관이 없냐? 우리 엄마가 니 엄마 노릇까지 하면 되잖냐?"

나도 말이 안 된다는 생각은 하면서도 그렇게 말했다. 하지만 한편으로는 뭐 안 될 것도 없지 않느냐는 생각도 들었다. 나는 솔이를 달랬다.

"솔이야, 그러는 거다. 응?"

"글쎄······."

그제야 솔이 얼굴이 풀렸다. 나는 기분이 괜찮았다. 그런데 솔이하고 헤어질 때 솔이가 한 말이 집에 와서도 자꾸 생각났다.

"니가 깡패 짓을 하는 것도 다 엄마가 없기 때문이야. 4학년 때까지만 해도 안 그랬잖아. 너네 엄마 집 나가기 전까지는······."

저녁을 먹으면서도 텔레비전을 보면서도 솔이 말이 자꾸 생각났다. 솔이 년이 내 가슴을 콕 찌른 거다. 언젠가 담임이 한 말도 생각났다. 아마 여름 방학 하던 날이었던가 그럴 거다. 담임이 한 명씩 손을 잡고 얘기를 했는데, 내 손을 잡고 한 얘기가 이랬다.

"너는 본 마음이 착해. 별명처럼 깡패가 아니야. 내가 몇 달 동안 너와 생활하고 느낀 거야. 진희가 엄마를 자주 찾아갔으면 좋겠다. 엄마도 아빠도 미워하지 말고……."

내 손을 꼭 잡으면서 가만히 내 눈을 들여다보던 것도 생각났다. 그 눈빛은, 엄마와 아빠 사이가 좋아지려면 내가 노력해야 한다고, 그렇게 말하고 있었다.

나는 꽤 오래 고민을 했다. 할머니도 자고, 민희도 자고, 혼자 앉아서 텔레비전을 켜 놓고 멍하니 있었다. 밤이 깊어 가는데도 아빠는 들어올 생각을 않는다.

11시가 넘어서야 아빠가 집에 들어왔다.

"아직 안 잤어? 기특해라. 아빠 기다렸냐?"

아빠한테서 담배 냄새, 술 냄새가 확 풍겨 온다. 나는 코를 싸쥐고 말했다.

"아빤 왜 기다려. 텔레비전 보느라고 안 잤지. 냄새 나. 빨리 씻어."

나는 아빠를 화장실로 밀어 넣었다. 아빠는 순순히 떠밀려 간다. 요즘은 술을 먹어도 술주정을 하지 않는다. 엄마가 집을 나가기 전에는 술만 취했다 하면 주정을 하고 엄마를 때렸는데……. 요즘은 밭일, 논일, 집 짓는 일, 하루도 안 빠지고 일도

32

잘 다닌다. 동네 사람들 가운데는,

"사람이 변했어. 이젠 진희 엄마가 돌아와도 되겠어."

하고 말하는 사람도 있었다.

아빠 얼굴을 보고 나자 나는 내가 무엇을, 왜 고민하는지 확실하게 깨달았다.

'그래, 맞아. 엄마가 돌아오면 또 옛날처럼 싸울까 봐 그게 겁나는 거야.'

나는 고개를 흔들었다.

'나도 사실은 엄마랑 살고 싶어.'

아빠가 화장실에서 나왔다. 나는 얼른 수건을 갖다 주었다. 아빠는 많이 취한 것 같지 않았다. 나는 마음을 다져 먹었다.

"아빠, 얘기 좀 해."

아빠가 수건을 목에 걸고 마룻바닥에 앉으면서 말했다.

"잠 안 자고? 난 자고 싶은데."

"안 돼. 지금 해야 돼."

나는 앙칼진 목소리로 크게 말했다. 아빠가 눈을 둥그렇게 뜨고 날 바라봤다.

"무슨? 중요한 얘기야?"

"응, 최고로 중요한 얘기."

아빠는 약간 긴장하는 것 같았다. 똑바로 앉더니 날 가만히 바라보면서 물었다.

"말해 봐."

"아빠, 각서 써."

나는 다짜고짜 말했다. 아빠가 되물었다.

"뭐라고?"

"각서 쓰라고. 다시는 엄마를 안 때리고 술주정도 안 한다고."

"……."

"내가 다 생각해 놨어. 아빠가 각서를 쓰면 내가 가서 엄마를 데려올 거야. 엄마랑 같이 살고 싶단 말이야."

눈물이 나려고 했다. 내가 진짜로 하고 싶었던 말을 이 년만에 처음으로 한 것이다. 아빠는 마룻바닥을 내려다보며 가만히 있었다. 한참을 그러고 있더니 천천히 고개를 들고 말했다.

"엄마가 받아 줄까?"

"그건 걱정하지 마. 엄마는 집에 오고 싶어해. 아빠가 때리니까 못 오는 거야."

아빠가 피식 웃더니 선선히 대답했다.

"좋아. 쓸게."

"지금 당장!"

나는 아빠에게 명령하듯 말하고 나서 종이와 볼펜을 갖고
왔다. 아빠는 마룻바닥에 엎드려 끙끙대며 각서를 썼다. 무진
장 고생스러워 보였다. 나는 마치 꿈을 꾸고 있는 듯한 기분이
들었다. 일이 이렇게 술술 풀리다니, 느낌이 묘했다.

'이렇게 쉬운 걸, 왜 진작 못했을까?'

나는 후회하는 마음까지 들었다. 끙끙대는 아빠에게 나는
경고하듯이 한 마디 더 했다.

"딸들 보는 앞에서 다시는 싸우지 않는다고, 그 말도 꼭 써야 돼."

나는 아빠가 다 쓸 때까지 자지 않고 기다렸다. 아빠는 엄청 오랫동안 공을 들이더니, 드디어 다 썼는지 종이를 접어서 봉투에 넣고 풀로 붙였다. 그리고 쑥스럽게 웃으면서 말했다.

"열어 보면 안 돼. 그대로 엄마에게 갖다 줘."

나는 고개를 끄덕였다.

"걱정하지 마. 이번 일요일날 엄마한테 갔다 올게."

나는 아빠의 각서를 책상 서랍에 잘 넣어 두었다.

5

일요일에 엄마를 찾아갔다. 엄마는 자주 찾아오지 않는다고 갈 때마다 섭섭해한다. 이번에도 한 달 만에 간 것이다. 엄마는 내 손을 꼭 잡고 우리가 늘 가는 식당으로 갔다.

"민희는 잘 있지? 할머니는 좀 어떠시니? 민희도 좀 데리고 오지."

엄마가 한꺼번에 말을 쏟아 놓으며 내가 좋아하는 음식만

골라서 시킨다. 나는 밥을 배부르게 먹고 나서 아빠 각서를 내밀었다. 엄마가 봉투를 받고 궁금한 얼굴로 묻는다.

"이게 뭐야?"

"아빠 각서야."

엄마가 머쓱한 얼굴이다. 봉투를 든 손이 가늘게 떨린다.

"이제 집으로 와. 아빠가 각서까지 썼잖아."

나는 퉁명스러운 말투로 말했다. 언제나 엄마를 만나면 그랬다. 속마음하고는 다르게 괜히 심통이 나서 삐치고 그랬다. 엄마를 속상하게 하고 싶어서 일부러 더 그랬다. 그리고 돌아오면서 '나쁜 기집애!' 하며 스스로 욕하곤 했다. 엄마는 아무 대답 없이 봉투를 뜯고 편지를 읽었다. 다 읽고 나서 한참 가만히 있더니 입을 열었다.

"아빠보고…… 한번 오라고 해."

"뭐?"

나는 뜻밖의 말에 놀라서 엄마를 쳐다보았다. 엄마 얼굴은 굳어 있었다. '각서 썼으면 됐지, 뭘 또 아빠를 오라고 해?' 하고 따지려다 엄마의 굳은 얼굴을 보는 순간 그 말이 목구멍으로 쑥 넘어갔다.

"왜? 뭐, 잘못 썼어?"

"아냐."

엄마가 짤막하게 대답하고는 수줍게 웃었다.

"미안하다, 진희야. 그냥 아빠보고 오라고 한번 해 봐⋯⋯."

나는 엄마가 웃는 걸 보고 나서야 마음이 놓였다. 아빠가 각서를 잘못 쓴 게 아니라는 생각이 들었기 때문이다. 엄마하고 헤어지면서 나는 한 마디 했다. 꼭 그래야 될 것 같았다.

"엄마도 각서 써야 돼. 아빠랑 싸우지 않는다는 각서 말이야."

엄마는 대답 대신 다시 웃었다.

엄마가 한번 찾아오란다고 말을 전했을 때, 아빠는 "그래, 알았어." 하고 부드럽게 대답했다. 나는 그 때 느낌이 탁 왔다. 아빠는 엄마를 찾아갈 것이고, 엄마는 집으로 돌아올 것이라는 느낌.

월요일, 학교로 가는 발걸음이 너무나 가벼웠다. 민희 년이 말을 안 들었지만 쥐어박지 않았다. 기철이 녀석이 깐죽댔을 때도 걷어차지 않았다. 노란 은행잎, 빠알간 단풍잎이 그렇게 예뻐 보일 수가 없었다. 세상이 다 내 것인 것 같았다. 그렇게 한 주일이 흘러가고 내 느낌은 그대로 들어맞았다. 엄마가 온다는 것이다.

"그쪽 일이 정리되는 대로 온다고 했어. 다음 주에는 올 거야."

아빠가 말했다.

"정말 오는 거야? 엄마가 이제 우리하고 사는 거야?"

민희 년이 팔짝팔짝 뛰면서 좋아했다.

하루하루가 더디게 흘러갔다. 마침내 엄마가 오는 날이 하루 남았다. 빨리 학교 갔다 와서 청소도 해 놓고 부엌도 치우고 엄마 맞을 준비를 하고 싶었다. 나는 너무 들떠 솔이도 까맣게 잊고 있었다. 학교를 마치고 서둘러 집으로 가고 있는데, 솔이가 따라왔다.

"저…… 진희야."

"응?"

"오늘 나, 너희 집에서 좀 자면 안 될까?"

"왜? 뭔 일 있어? 나 오늘 바쁜데."

"알아. 너네 엄마 오니까 청소해야 되지? 내가 도와줄게."

"그래, 가자."

솔이의 풀 죽은 얼굴이 마음에 걸렸지만, 나는 곧 잊어버렸다. 솔이는 덩칫값을 했다. 힘이 세서, 마당과 뒤꼍 청소를 아주 수월하게 했다. 저녁을 먹고 나서 내가 말했다.

"집에 전화 안 해도 되니? 아빠한테 안 혼나?"

"으응…… 안 해도 돼……."

솔이는 머뭇거리며 대답했다. 나는 솔이의 태도가 좀 이상했지만 더 묻지 않았다. 컴퓨터 게임도 하고, 태식이 오빠한테 받은 메일도 보면서 놀다가 우리는 잠이 들었다.

한밤중에 잠이 깼다. 훌쩍이는 소리 때문이었다. 솔이였다. 어둠 속에 웅크리고 앉아서 소리 죽여 울고 있었다. 나는 가슴이 먹먹했다. 답답하기도 하고, 무섭기도 하고, 화가 나기도 하고……. 이상야릇한 기분이 들었다. 솔이는 멈추지 않고 계속 울었다. 나는 못 들은 척 그대로 자려고 했지만 도저히 잘 수가 없었다. 내가 일어나 앉아 물었다.

"왜 그래, 응? 솔이야, 왜 울어?"

솔이는 두 손으로 내 손을 꼭 잡으면서 울먹이며 말했다.

"진희, 너…… 너……."

"말해."

"너…… 너네 엄마가 와도…… 나랑 놀아 줄 거지?"

"야, 그걸 말이라고 하냐?"

"나…… 난, 무서워. 난 너처럼 할머니도 없고, 동생도 없고…… 아빠는 때리기만 하고…… 난, 무서워……."

"걱정 마라. 나는 니 친구야. 전에 내가 한 말은 지킨다."

"무슨 말?"

"우리 엄마가 니 엄마 노릇까지 하면 된다는 말 말이야."

"으응, 그 말……. 고마워…….”

솔이의 훌쩍임이 잦아들었다. 솔이를 자리에 눕히는데, 새삼스럽게 시금털털한 냄새가 확 풍겨 왔다. 솔이는 자리에 눕자마자 잠이 들었다. 한참을 울어서 힘이 빠진 모양이었다. 나도 자리에 누우면서 다짐했다. 솔이 년한테 꼭 다짐을 받으리라고. 어떤 일이 있어도 몸에서 냄새는 안 나도록 하라고. 옷을 잘 빨아 입고, 목욕도 자주 하라고. 그래야 계속 친구를 해 줄 거라고 말이다.

밤바람이 세차게 분다. 나뭇잎 날리는 소리가 으스스 난다. 저 정도 바람이면 나뭇잎을 다 떨구고 앙상한 가지만 남겨 놓겠다는 생각이 든다.

'엄마도 지금 이 바람 소리를 듣고 있을까?'

내일 밤부터는 엄마와 함께 잔다. 슬며시 웃음이 나왔다. 바람은 쉬지 않고 불었다. 솔이 이불을 잘 덮어 준 다음, 나도 이불을 끌어당겨 턱 밑까지 덮었다.

두더지

일요일 아침입니다. 식구들이 아침밥을 먹고 느긋하게 마루에 앉았을 때입니다.

"어머머? 저기 봐요!"

뒤뜰을 내다보던 엄마가 놀라 소리쳤습니다. 두더지였습니다. 마치 연기가 피어오르는 그림처럼 꾸불텅 꾸불텅 땅을 파고 지나간 흔적이 있습니다. 뒤뜰 여기저기에 마구 길이 났습니다.

"저기서 멈췄네."

엄마가 가리키는 곳을 보니, 정말 더 이상 길이 이어지지 않았습니다. 두더지가 잠시 쉬는 모양입니다.

"곡식 심어 놓은 걸 다 파헤칠 텐데……."

외할머니가 내다보고 말했습니다.

"곡식이야 그렇다고 해도 봉당이라도 파 놓으면 골친데요."

아빠가 한 마디 하자,

"그렇게까지야 하려구."

외할머니가 웃으며 대답합니다. 그래도 아빠는, 지어진 지 벌써 60년도 넘은 집인 데다 방바닥이 땅에서 한 뼘 높이가 안 될 만큼 낮다며, 두더지가 땅을 파고 다니다 집 기둥이라도 무너지면 어쩌나, 걱정을 늘어놓더니,

"저 놈을 잡아야겠다."

하고 뒤뜰로 나갔습니다. 외할머니가 소리쳤습니다.

"놈을 잡으려면 삽으로 그 놈이 가는 앞길을 막아. 그러면 놈이 밖으로 뛰어나올 거야. 그 때 담뿍 떠올리면 되지."

아빠는 재빨리 삽을 집어 들었습니다. 기척을 느낀 두더지가 기어가기 시작했습니다. 두두두두! 녀석이 재빠르게 땅을 파고 갑니다. 아빠는 두어 걸음만에 녀석을 따라잡고, 삽을 푹 찔러 앞길을 막았습니다. 달그락! 삽날에 녀석의 앞발이 부딪히는 소리가 나더니 두더지가 기어 나왔습니다.

"어쩜!"

엄마의 탄성이 터져나오고,

"우와, 두더지다!"

나랑 동생 결이가 한꺼번에 소리를 질렀습니다. 녀석은 새
카만 털복숭이였습니다. 온몸을 달달거리고 있었는데, 얼굴이
잘 보이지 않았습니다. 동그랗게 몸을 말고
있는 것이 아마 좀 놀란 모양입니다.

"두더지는 햇빛에 나오면 잠깐 동안 움직이지 못해. 얼른 삽으로 뜨게."

외할머니 말에 아빠는 허둥대며 녀석을 삽으로 퍼올렸습니다. 삽을 잡은 팔에 아빠는 잔뜩 힘을 주고 있었습니다. 갑자기 나타난 두더지 때문에 아빠도 긴장하고 있었던 겁니다.

"시골을 떠나 서울에서 20년 넘게 지내며 자연과 참 많이도 떨어져 있었구나."

하고 아빠는 늘 말하곤 했거든요. 아빠는 집 안에 들어온 거미만 봐도 휴지로 싸서 버리고, 밤마다 파리채를 들고 삽니다.

녀석은 삽 위에서 어쩔 줄 모르고 웅크리고 있습니다. 감히 삽에서 뛰어내리지 못합니다. 아빠는 삽을 들고 앞마당으로 돌아 나왔습니다. 식구들이 우르르 몰려 나갔습니다.

"녀석을 어쩌죠?"

삽을 든 채 아빠는 외할머니에게 물었습니다.

"어쩌긴 어째. 잡아야지."

잡으라는 말은 곧 죽이라는 말이었습니다.

"어떻게……."

"아, 내려놓고 삽으로 한 대

패면 되지."

외할머니가 웃으며 말합니다. 곁에서 엄마가 외마디 소리를
냈습니다.

"아이고, 엄마. 잔인하게…… 어떻게 죽여요."

"그럼 어떡할래. 놔 줄래? 놔 주면 또 땅 파고 다닐 텐데."

"……."

엄마는 대답을 못 하고 아빠는 삽을 들고 어쩔 줄 몰라했습
니다. 나는 외할머니 얼굴을 다시 보았습니다. 두더지를 삽으
로 패서 죽이라고 하다니! 우리 외할머니가 맞나 하는 생각이
들 정도였습니다.

아빠가 삽을 들고 엉거주춤 서 있자 엄마가 꾀를 냈습니다.
엄마는 텔레비전이 들어 있던 두꺼운 종이 상자를 갖고 와선,

"여기에 넣어 두자."

하였습니다. 그럴 듯했습니다.

"두꺼운 종이를 뚫진 못하겠지."

아빠는 삽을 들고 있는 게 괴롭다는 듯 얼른 종이 상자 속으
로 녀석을 집어넣었습니다. 모두 종이 상자를 둘러싸고 섰습
니다. 두더지는 한껏 공포에 질린 표정으로 상자 속에서 몸부
림을 쳤습니다. 상자 귀퉁이의 접혀진 부분으로 재빨리 달려

가더니 상자를 긁어 대면서 나가려고 달그락거립니다. 그러더니 녀석은 접혀진 종이 밑으로 쏙 들어갔습니다.

"아빠! 두더지가 밖으로 나가려나 봐!"

내가 소리치자 아빠는 상자를 비스듬하게 기울였습니다. 접혀진 부분으로 들어갔던 두더지가 미끄러져서 굴러 나왔습니다. 녀석은 미끄러지지 않으려고 앞발로 상자를 득득 긁으며 안간힘을 썼습니다.

"저걸 어째. 오줌 싼다."

엄마 말대로 녀석은 오줌을 지리고 있습니다.

"불쌍해……."

동생 결이가 얼굴을 찌푸렸습니다. 나도 불쌍하다는 생각이 들었습니다.

녀석은 줄기차게 땅과 가까운, 종이 상자의 갈라진 틈새로 파고들었습니다. 아빠는 종이 상자를 이렇게 저렇게 기울이면서 녀석이 밖으로 나오는 것을 막고 있었습니다. 하지만 언제까지나 그러고 있을 수는 없었습니다.

"이건 안 되겠는데. 뭐 다른 방법 없을까?"

아빠가 엄마를 보고 말했습니다. 엄마는 잠깐 생각하더니 집으로 들어가서 플라스틱 그릇을 들고 나왔습니다. 우묵하게 생긴, 투명한 플라스틱 대접 두 개였습니다. 냉면 그릇만 한 크기였습니다. 한 개는 반듯이 놓고 한 개는 뒤집어서 엎어 놓으니 동그란 항아리 모양이 되었습니다.

"플라스틱이야 뚫지 못하겠지."

엄마가 웃으며 그릇을 내놓았습니다. 아빠가 고개를 끄덕이며 엄마의 재치를 칭찬하자 엄마가 어깨를 으쓱하였습니다. 아빠는 종이 상자를 뒤집어 두더지를 떨어뜨린 다음 재빨리 삽으로 퍼서 그릇에 넣고 또다른 그릇으로 덮었습니다. 그릇 속에 갇힌 녀석은 정신이 없었습니다. 플라스틱 벽을 기어오르다가 계속 미끄러졌습니다.

녀석의 모습이 그제야 잘 보였습니다. 뾰족한 얼굴은 꼭 쥐를 닮았고, 몸집에 비해 다리는 짧고 발은 넓적했습니다. 한참 벽을 긁어 대던 녀석이 한쪽 귀퉁이에 가서 몸을 말고 가만히 있었습니다. 가슴과 등만 쉴 새 없이 움직이는 게, 숨이 찬 듯했습니다.

"공기 구멍이 없잖아. 쟤 숨막히나 봐."

내가 아빠에게 말했습니다.

"그런가 보네. 공기 구멍을 뚫어 줘야지. 그건 그렇고 나는 언제까지 그릇을 누르고 있어야 돼?"

아빠는 팔이 아프다고 했습니다. 아빠는 여기저기 둘러보다가 고춧대 묶는 흰 끈을 발견하고는 나에게 그것을 가져오라고 했습니다. 아빠는 끈으로 그릇을 단단히 묶었습니다. 그릇이 움직일 때마다 녀석이 요동을 쳤습니다. 녀석이 그릇 벽을 닥닥 긁을 때마다 마치 내 가슴이 긁히는 듯했습니다. 그릇을 묶어 놓고 손을 떼자 아빠는 큰 짐을 덜은 듯 홀가분한 모습이었습니다.

아빠는 불을 피우고 큰 대못을 달궜습니다. 벌겋게 달군 쇠못으로 그릇에 구멍을 세 개 뚫었습니다. 우리가 그릇을 단풍나무 밑에 두고 앉자 아빠 손전화가 울렸습니다. 가까운 마을에 사는 아빠 친구 길수 아저씨입니다. 아저씨도 우리처럼 도시에서 살다가 얼마 전에 시골로 내려왔습니다.

"웬일? ……놀려 오려구? 응, 좋지. 근데 좀 전에 두더지를 잡았네. ……그럼, 애들은 좋아하지. ……찬이 데리고 와서 보여 줘. ……그래, 그럼 이따가 보세."

점심 때쯤 길수 아저씨가 가족을 다 데리고 왔습니다. 여덟 살 은비, 일곱 살 찬이도 데리고 왔습니다. 찬이는 동물을 아주 좋아합니다. 차에서 내리자마자 "두더지!" 하고 외치며 달려왔습니다. 플라스틱 그릇 속에 넣어 둔 두더지를 보고는 함성을

지릅니다. 찬이 등살에 못 이겨 두더지를 그릇에서 꺼내어 종
이 상자에 넣고 구경했습니다.

"우와! 우와!"

찬이는 탄성을 지르며 두더지를 갖고 놉니다. 손을 넣어 두더지를 만지려다가 길수 아저씨에게 혼이 나더니 이번엔 작대기로 두더지를 어릅니다. 두더지가 또 오줌을 지리며 허둥댔습니다.

"찬아, 작대기로 자꾸 찌르지 마. 불쌍하잖아."

내가 찬이의 작대기를 빼앗자 찬이는 다른 작대기를 또 구해 와서 두더지를 어릅니다. 나는 찬이의 작대기를 또 빼앗았습니다. 찬이가 울먹이자 아빠가 말했습니다.

"놔둬, 청아. 찬이가 신기해서 그러는 거야."

나는 할 수 없이 찬이에게 작대기를 주고 말았습니다. 찬이가 작대기로 두더지를 쿡쿡 찌릅니다. 두더지가 바르르 떨었습니다. 나는 꾀를 냈습니다.

"찬아, 형아가 자전거 태워 줄게."

찬이는 작대기를 집어던지고 나를 따라왔습니다. 자전거를 타고 동네 한 바퀴를 돌고 오니, 식구들이 모두 집에 들어가 있습니다. 두더지는 그릇에 담겨서 단풍나무 밑에 있습니다. 찬이와 나도 집에 들어갔습니다.

저녁 때 길수 아저씨네 가족이 떠나고 아빠와 함께 두더지를 보러 나갔습니다. 녀석은 그릇 속에 갇혀 꼼짝하지 않고 웅크리고 있습니다. 그릇을 툭 건드려 보니 녀석이 화들짝 놀라서 그릇 벽을 득득 긁어 댑니다.

"녀석을 어쩐다?"

아빠가 고민하는 얼굴입니다. 내가 아빠에게 말했습니다.

"놓아 주자, 아빠."

"그럴 수는 없지……."

아빠는 두더지가 담긴 그릇을 한참 지켜보더니 그릇을 들어 단풍나무 큰 가지 위에 얹었습니다.

"왜 그러는데?"

내가 궁금해서 물었습니다.

"땅에 두면 튀어나올지도 모르잖아."

"그렇게 꽁꽁 묶어 놓고?"

"그래도…… 밤새 버둥대면 끈이 풀릴지도 몰라."

"……."

나무 위에 올라앉은 두더지가 그릇 벽을 벅벅 긁어 댑니다.

"아빠, 두더지 배고프지 않을까?"

"글쎄……."

"먹이를 줘야지. 먹이 잡아 주자, 아빠."

아빠가 대답을 안 합니다.

"두더지는 뭘 먹을까? 아빠."

"글쎄, 지렁이를 먹나?"

"지렁이는 많잖아. 잡아 주자, 아빠."

"······."

아빠는 또 대답을 안 합니다.

그 때 엄마가 창문을 열고 소리쳤습니다.

"밥 먹어요. 빨리들 와요."

아빠와 나는 집으로 들어갔습니다. 우리 식구는 그 때부터
두더지를 아주 잊어버렸습니다. 저녁을 먹고 텔레비전을 보면
서 놀다가 잠들어 버렸습니다.

다음 날 아침입니다. 아빠가 밖으로 나가길래 나도 얼른 따라 나갔습니다. 발길이 자연스럽게 단풍나무로 향했습니다. 사람 기척에도 그릇 속은 움직임이 없습니다. 뭔가 불길합니다. 아빠가 그릇을 툭 건드려 보았습니다. 움직임이 없습니다. 아빠가 한 번 더 건드려 보았습니다. 역시 움직임이 없습니다. 시커먼 물체가 동그마니 웅크리고 있을 뿐입니다. 아빠가 그릇을 내려서 흔들어 보았습니다. 움직이지 않습니다. 두더지는 벽을 긁지 않습니다.

"아빠, 죽은 거 아냐?"

나는 가슴이 찌릿했습니다. 아빠가 재빨리 그릇 뚜껑을 열었습니다. 역시…… 두더지는 죽었습니다. 흙바닥에 녀석을 내려놓았습니다. 아빠가 나무 작대기로 건드려 보니 둔탁한 소리가 납니다. 비죽 튀어나온 이빨, 툭 튀어나온 눈, 털 속에 숨어 있던 다리도 가지런히 뻗어 있습니다.

"죽었어? 어머머."

언제 왔는지 엄마가 등 뒤에 서서 소리지릅니다. 결이도 눈을 비비며 엄마를 따라 나왔습니다. 결이는 죽은 두더지를 물끄러미 보고 섰습니다. 나도 아무 말 못 하고 두더지만 보고 앉았습니다. 뭔가 큰 잘못을 저지른 것 같았습니다.

"그것 봐. 나무에 올려놓으면 돼? 땅 속을 기어 다니는 놈인데 땅 기운을 못 받으니……."

엄마가 핀잔하듯 말했습니다.

"답답해서…… 답답해서 죽은 거야."

"답답해서 죽기는. 아무리 답답해도 하루 만에 죽나? 당신이 잘못했다니깐. 나무 위에 올려놓은 게 잘못이야."

엄마는 모든 잘못을 아빠에게 뒤집어씌우려 합니다. 두더지의 죽음에 엄마는 아무 잘못도 없는 것처럼 말합니다. 그래서 내가 한 마디 했습니다.

"엄마도 잘못이 있어."

"뭐?"

엄마가 나를 보고 웃으며 물었습니다.

"엄마도 두더지 묶는 걸 도왔잖아. 그릇을 가져온 것도 엄마고……."

"그럼 어쩌냐? 놔둘 데도 없었는데."

"그것 봐. 당신도 공범이라니까. 우리 아들, 말 잘한다."

아빠가 내 머리를 쓰다듬었습니다.

"하지만, 아빠 잘못이 가장 커."

"뭐?"

"아빠가 두더지를 잡았잖아."

"어쭈?"

아빠가 입을 내밀고 웃었습니다. 그 때 엄마가 말했습니다.

"청이, 너는 뭐 잘못이 없는 줄 아니?"

"내가 뭘?"

나는 궁금한 얼굴로 엄마를 바라보았습니다.

"너도 두더질 갖고 놀았잖아. 그리고 네가 두더질 놓아 줬어
봐라. 두더지가 죽었겠나."

"……."

나는 아니라고 할 수 없었습니다. 엄마가 집으로 들어가며
말했습니다.

"얼른 치우고 들어와서 밥이나 먹어."

"싫어. 두더지 묻어 주고."

내가 대답하자 엄마는,

"아빠보고 하라고 그래."

하고 집으로 들어가 버렸습니다.

땅을 깊숙이 파고 녀석을 묻었습니다. 삽날의 세 배 깊이는
팠을 것입니다. 아빠와 나는 두더지를 땅에 묻고 꼭꼭 밟았습
니다.

그 날 저녁, 옆 동네 사는 이모부가 왔습니다. 이모부는 아빠보다 나이가 많은데, 시골에서 농사를 짓고 삽니다. 아빠가 두더지 얘길 하며 왜 죽었을까 물었더니,

"굶어 죽은 거야."

이모부는 딱 잘라 말했습니다. 아빠가 놀란 눈으로 되물었습니다.

"굶어 죽어요?"

"그럼, 두더지가 얼마나 많이 먹는데. 녀석은 하루 낮만 굶어도 죽어."

아빠가 얼굴을 찌푸렸습니다. 엄마도 얼굴을 찌푸렸습니다. 나는 가슴이 두근거립니다. 두더지를 죽였다는 것, 그것도 잔인하게 굶겨서 죽였다는 것 때문에 갑자기 무서워집니다. 그런데 이모부가 껄껄 웃으며 말했습니다.

"두더지를 땅에 묻어 버렸다고? 에그, 아깝다. 삶아서 청이 먹이지. 보약인데."

"뭐라고요?"

엄마가 소릴 질렀습니다. 나는 기가 막혀서,

"으, 이모부 너무 잔인해요. 두더지를 어떻게 먹어요."

하고 대들 듯 말했습니다. 그러나 이모부는 여전히 웃으면서

대답했습니다.

"왜? 요즘엔 없어서 못 먹지, 옛날엔 많이 잡아먹었어."

"……"

아빠도 엄마도 아무 말이 없습니다. 이모부가 또 말했습니다.

"이제 시골에 살아 봐. 두더지뿐일까? 쥐도 잡고, 뱀도 잡고, 벌레도 엄청 죽여야 돼. 그런 게 시골살이야."

"하긴 그렇겠어요."

엄마가 고개를 끄덕였습니다.

"그래요, 형님 말이 맞네요. 벌써 쥐도 세 마리나 잡아 죽였으니……"

아빠도 고개를 끄덕였습니다.

"죽일 건 죽이고, 살릴 건 살리며 사는 거지."

이모부 말에 엄마가 더 크게 고개를 끄덕이며 말했습니다.

"그래요. 하지만 이제는 볼래야 볼 수 없는 게 많아요. 두더지도 잡을 만큼 많았으면 좋겠어요. 쓸데없는 모기만 늘어나니……"

"맞아. 땅이고 강이고 다 썩어 가니, 그게 문제야. 뭐, 깨끗해야 동물이 살지."

아빠가 말했습니다.

"청아, 우리 뒤꼍은 그래도 깨끗한 거야. 두더지가 나왔으니. 우리만이라도 뒤꼍하고 텃밭을 깨끗하게 지키자. 그러면 두더지가 또 올 거야."

엄마가 나를 보고 말했습니다.

"그러면 또 잡아 죽일려고?"

내가 불만스럽게 말하자 엄마가 하하 웃으며 말했습니다.

"많으면 좀 죽여도 되겠지 뭐. 다음엔 잡아서 너 삶아 줄게."

"에이, 엄마도. 안 먹어! 잔인해, 정말!"

내가 얼굴을 찌푸리며 소리를 지르자, 엄마와 아빠, 이모부가 한꺼번에 웃음을 터뜨렸습니다. 나는 무안해져서 내 방으로 들어와 버렸습니다.

방 창문을 열고 밖을 보니, 두더지를 묻어 놓은 곳이 바로 보입니다. 지금은 땅 속에 묻혔지만, 고 보드랍고 맨질맨질하던 털의 감촉이 손끝에 아직 남아 있습니다. 엄마가 방금 전에 한 말이 생각납니다. 뒤꼍과 텃밭을 깨끗하게 하면, 두더지가 또 온다는 말 말입니다. 정말 그렇다면 앞으로 꼭 그렇게 해야겠다고 마음먹습니다. 그게 죽은 두더지에게 좀 덜 미안하겠다는 생각이 듭니다.

할머니의 증명사진

1

지방의 작은 도시, 장날입니다. 도시의 한쪽 귀퉁이 시골 마을로 가는 버스 정류장에 사람이 가득합니다. 손에 손에 보따리를 들고 있습니다. 다들 할머니 할아버지입니다. 하긴 요즘 시골에서 젊은 사람 보기가 하늘의 별 따기입니다. 사람들 속에 병선이 할머니도 보입니다. 병선이 할머니는 이웃 마을에 사는 민수 할머니와 얘기를 나눕니다. 버스 올 시간이 되어 가자 병선이 할머니는 작은 지갑에서 동전을 꺼냅니다. 그것을 본 민수 할머니가 물었습니다.

"보소, 형님. 돈을 와 끄내능교?"

"돈을 와 끄내다이. 찻삯 낼라 카제."

병선이 할머니가 별걸 다 묻는다는 눈으로 민수 할머니를 보며 대답합니다. 그러자 민수 할머니는 재빨리 가방에서 뭔가를 꺼내 들고 말했습니다.

"나는 돈 안 내니더. 이거면 다 된다 카이."

민수 할머니가 주민등록증같이 생긴 걸 들어 보였습니다.

"그기 뭐꼬?"

"경로권 아잉교, 경로권. 이기이 있시면 찻삯도 공짜가 되는 기라."

병선이 할머니는 민수 할머니의 경로권을 받아서 이리저리 살펴봅니다.

"예순다섯 살이 넘으면 주능 긴데, 우예 형님은 아즉까징 없니껴?"

"나는 없는데……. 내가 자네보담 나(나이)도 많은데."

병선이 할머니는 경로권을 돌려주면서 부러운 눈으로 바라봅니다.

"형님도 어서 만드소. 면소(면사무소) 가면 만들어 준다 카이. 난 아들이 맹글어다 주드만."

그 때 버스가 왔습니다. 할머니 할아버지들이 골병 들어 아픈 다리를 끌고 끙끙대며 차에 올랐습니다. 민수 할머니는 돈을 내는 대신 경로권을 보여 주었습니다. 운전 기사 아저씨가 고개를 끄덕입니다. 병선이 할머니도 돈을 내지 않고 그냥 자리로 가 앉습니다. 기사 아저씨가 그런 병선이 할머니를 그냥 두지 않습니다.

"보소, 할매요. 경로권 보이 주소."

"없는데……."

"할매요, 경로권 없으면 찻삯를 내시야지요."

기사 아저씨가 웃으면서 말했습니다. 병선이 할머니는 민수 할머니를 가리키며,

"나는 저 할망구보다 나도 많응께……. 저 할망구도 안 낸다 카는데."

"허허, 할매요. 그렁께 경로권이 있을 거 아잉교. 경로권을 아직 안 맹글었니껴?"

"안 맹글었제."

"그라면 담부턴 맹글어서 다니시고, 오늘은 찻삯 내시이소."

"이런…… 이런 쌩돈을……."

병선이 할머니는 할 수 없이 찻삯 칠백 원을 냈습니다. 칠백 원이 너무 아깝다는 생각이 듭니다. 지갑에 집어넣었던 동전을 다시 꺼내려는데 자꾸만 헛손질을 합니다. 병선이 할머니는 생돈 칠백 원을 내고 민수 할머니 옆자리에 가서 앉습니다.

"내 당장 경로권 만들 끼다."

"면소 가서 하면 되니더. 그 마을 이장보고 해 달라 카등가."

민수 할머니가, 혼자 사는 병선이 할머니를 생각해서 말합니다.

"뭐, 나 혼자성 못 할까 봐."

병선이 할머니 얼굴에 굳은 결심이 어립니다. 집으로 돌아온 병선이 할머니는 점심밥도 먹는 둥 마는 둥 하고 면사무소를 찾아갑니다. 그 동안 생돈을 쓴 게 배가 아파 잠시도 참을 수가 없습니다. 아픈 다리 물리치료 받느라 이틀거리로 시내에 나갔으니 그 돈이 다 얼맙니까.

병선이 할머니는 오 리가 넘는 면사무소를 찾아갑니다. 왼쪽 다리를 끌다시피하며 저얼뚝 저얼뚝 걸어갑니다. 예순여덟 해 키워 온 병이 온통 다리로 몰렸나 봅니다. 병원에선 '골다공증'이니 '퇴행성 관절염'이니 하지만 병선이 할머니는 '평생 키워 온 병'이라고 말합니다. 할머니는 다섯 남매를 키워 시집 장가를 보내고 혼자 삽니다. 혼자 살면서도 밭농사 논농사를 다 합니다. 논에서 나는 쌀이며, 밭에서 나는 고추, 배추, 깨 같은 것들을 자식들에게 모두 대 줍니다. 자식들은 병선이 할머니를 만날 때마다 아픈 다리를 걱정하며,

"이제 농사 그만두시고 편히 사세요."

"이제 그만 땅은 다 팔아 버립시다."

야단입니다. 하지만 택도 없는 일입니다. 병선이 할머니는 자식들에게,

"농군이 땅 없시면 우예노. 내 요량은 내가 하닝께 니들은 아무 걱정 말그래이."

하고 오금을 박아 놓곤 했습니다.

젊은 사람이면 자전거를 타고 훌쩍 갔을 길을 병선이 할머니는 가쁜 숨을 몰아쉬며 가다가 쉬고 가다가 쉬면서 겨우 면사무소에 다다랐습니다. 면사무소에 들어가서는 아무나 붙잡고 물었습니다.

"경로권 좀 맹글어 주소."

병선이 할머니의 목소리가 너무 커서 몇 사람이 고개를 들어 보았습니다. 그 가운데 한 사람이 빙글빙글 웃으면서,

"할머니, 경로권 만드시게요? 이리로 오세요."

했습니다. 병선이 할머니는 반갑게 다가갔습니다.

"할머니, 주민등록증 좀 주세요."

얼른 가방에서 주민등록증을 꺼내 주었습니다. 면사무소 직원은 주민등록증을 보더니

"흠, 만 육십오 세가 넘었고……."

하고 중얼거리더니 병선이 할머니를 쳐다보며 물었습니다.

"할머니, 증명사진 갖고 오셨습니까?"

"증명사진? 증명사진이 뭐꼬?"

할머니의 물음에 직원이 허허 웃으며,

"할머니, 증명사진이 뭔지 모르세요?"

하고 되묻자 옆에 있던 다른 직원들도 따라 웃습니다. 직원은 병선이 할머니의 주민등록증을 들어서 사진 있는 곳을 가리키며 말해 줍니다.

"요런 사진이 증명사진입니다. 요렇게 쬐끄만 거요. 가로 2, 세로 3센티미터 사진 말입니다."

"가로는 뭐, 세로는 뭐……?"

병선이 할머니가 당황한 얼굴로 우물거리자 직원은 얼른 말했습니다.

"그건 아실 필요 없구요. 그냥 증명사진이라고 하면 돼요. 집에 가셔서 식구들한테 물어보면 다 알 겁니다. 다음에 증명사진 갖고 오세요. 증명사진이 있어야 경로권을 만들어 드릴 수 있거든요."

직원이 주민등록증을 돌려주었습니다.

병선이 할머니는 다시 저얼뚝 저얼뚝 집으로 돌아갑니다. 집으로 가면서 주민등록증의 사진을 자꾸 들여다봅니다. 지금보다 젊은 날의 얼굴이 수줍게 웃고 있습니다.

'이게 증명사진이라꼬? 이런 기 집에 있을라나? 한번 잘 찾

아봐야겠구마.'

아스팔트 깔린 도로는 쥐 죽은 듯 고요합니다. 가끔 승용차들이 휙 지나갈 뿐입니다. 오월의 무성한 풀잎과 나뭇잎들이 점점 짙어 가는 초록빛을 뽐내고 있습니다. 먼산에서 뻐꾸기 우는 소리가 희미하게 들립니다. 병선이 할머니가 길가에 있는 돌에 앉아 잠시 아픈 다리를 쉬고 있을 때 시퍼런 색깔의 트럭이 스르르 다가와 섭니다.

"어무이, 타시이소."

대철이 아저씨입니다. 대철이 아저씨는 병선이 아빠의 어릴 적 동무입니다. 시내에 다녀올 때나 이렇게 면사무소에 다녀올 때 길에서 할머니를 만나면 꼭 집까지 태워다 줍니다.

"에구, 고맙기도. 번번이 이렇게 신세를 지네."

병선이 할머니는 대철이 아저씨 손을 잡고 고마워합니다. 대철이 아저씨는 그저 씩 웃으면서 차에 오르는 할머니를 거들어 줍니다. 차를 타고 가면서 병선이 할머니가 물었습니다.

"증명사진은 우예 맹그노?"

"증명사진요? 그건 사진관에 가서 찍어야 됩니더."

"사진관에 가서 찍을라면 돈이 많이 들제?"

"글쎄요. 사진 찍어 본 지가 하도 오래돼서요. 아마 꽤 비쌀

걸요……. 한 만 원 할라나?"

"마, 만 원씩이나?"

"그런데 어무이, 증명사진은 와……."

"으응, 그냥 뭐…… 씰 데가 있어서."

"예……."

대철이 아저씨는 더 묻지 않았습니다. 대철이 아저씨는 집 앞까지 할머니를 모셔다 드리고 붕 떠났습니다.

2

병선이 할머니는 저녁을 지어 먹었습니다. 저녁이래야 아까 장에서 사온 국수입니다. 혼자서 밥을 해 먹자니 입맛이 없어서 병선이 할머니는 자주 국수를 끓여 먹습니다. 반찬도 간장에 김치면 되니 그보다 편할 수가 없습니다.

저녁을 먹고 나서, 텔레비전을 켜 놓고 사진을 찾기 시작합니다. 텔레비전 밑의 찌그러진 책상 서랍과 장롱 서랍을 뒤져서 사진이란 사진은 다 꺼냅니다. 자식들이 왔다가 두고 간 사진들을 하나하나 모아 놓은 게, 꺼내 놓고 보니 꽤 많습니다.

옛날 흑백 사진도 나옵니다. 사진을 보니 아이들과 손주들이 보고 싶습니다. 손자 손녀들이 환하게 웃고 있습니다. 병선이 할머니도 빙그레 웃으며 사진을 봅니다. 꺼내 놓은 사진을 하나하나 넘겨 보고, 또 서랍이며 가방이며 있는 대로 다 뒤져 보지만 없습니다. 증명사진이라고 하는 건 없습니다.

'우야꼬……'

병선이 할머니는 베개를 베고 누워서 생각합니다. 재미있는 연속극도 눈에 들어오지 않습니다.

'알고서 그 아깐 돈을 우찌 내노……'

사진관이라고는 평생 가 본 적도 없고 시내 어디에 있는지도 모릅니다. 돈도 만 원이나 든다고 하니 걱정이 태산입니다. 이틀거리로 다녀야 하는 물리치료비만 해도 아까워 죽을 판인데, 안 내도 되는 찻삯까지 물어야 되니 속이 답답합니다.

그 때 전화가 뚜루루룽 왔습니다. 병선이 할머니는 반가운 마음에 얼른 전화기 옆으로 갑니다. 하지만 한참 걸립니다. 누웠다가 일어나려면 다리가 더 저려서 꼭꼭 주무르면서 일어나야 되기 때문입니다. 전화가 끊어질까 봐 급한 마음에 서두르며 왼쪽 다리를 끌고 기어가서 전화를 받습니다.

"여보시오?"

"어머니. 접니다. 서울이에요. 병선이 애비."

"오오, 병선이 애비냐. 그래 우짠 일이고."

"그냥 잘 계신가 하고요. 저녁은 잡수셨어요?"

"응, 먹었다. 니들은 다 편채? 아덜도 잘 놀고?"

"예, 다들 잘 있어요. 다리 편찮으신 건 어때요? 요즘 농사철
이라서 힘드실 텐데……."

"나야 뭐, 늘 그런걸. 늙어서 아픈 걸 우야겠노. 내 걱정일랑
마라. 니들만 편하면 된다."

"아프니까 일하지 마세요."

"농사꾼이 일 안 하면 뭐 하노? 살아 있으면 꿈쩍거려야제.
걱정 마라."

그 때 병선이 할머니에게 문득 떠오르는 생각이 있었습니
다. 그 생각이 떠올라 준 게 고맙다는 생각을 하며 병선이 할머
니는 큰 목소리로 묻습니다.

"참, 야야, 병선이 에미가 사진 잘 찍는다 캤제?"

"예, 어머니. 그건 왜요?"

"으응, 아이다. 그냥 한번 물어봤다."

"예……."

"그럼 전화 끊자. 다들 편케 있거라. 나야 뭐 늙었응께 이래

살다 죽으면 되능 기고, 니들이야말로 아프지 말고 잘 지내야
한대이.”

"어머니, 진지 제때 잘해 드시고 일은 쉬엄쉬엄 하세요.”

전화를 끊고 나서 병선이 할머니는 기분이 좋아졌습니다.

'병선이 에미한테 찍어 달라면 될 걸 가지고, 허허.'

병선이 할머니는 모든 고민이 해결된 것처럼 기뻐합니다. 병선이네는 보통 한 달에 한 번 정도 시골에 다니러 오니까 그때 찍어 달라고 할 생각입니다. 이제 바쁜 농사철이 되어서 시내에는 이틀거리로 나가기도 어렵습니다. 이레에 한 번꼴로나 나가게 될 테니, 아까운 찻삯을 몇 번 안 내도 됩니다.

병선이 할머니는 느긋한 마음으로 텔레비전을 봅니다. 연속극이 재미있습니다. 그러다가 할머니는 잠이 들고, 텔레비전이 혼자 떠듭니다. 밤이 점점 깊어 갑니다.

3

보름이 지났습니다. 그런데 큰 탈이 나고 말았습니다. 병선이 할머니가 다리 아픈 게 심해져서, 화장실도 겨우 다닐 정도가 되고 말았습니다. 모내기를 한다, 고추를 심는다, 논일 밭일을 힘겹게 한 탓입니다. 일한다고 물리치료 받으러 자주 가지 못해 더욱 상태가 나빠진 것입니다. 고된 일뿐이 아닙니다. 힘들게 일을 하고 다리를 질질 끌면서 집에 돌아와도 따뜻한 밥 지어 놓고 기다리는 사람 하나 없습니다. 손수 밥을 지어 먹지

않으면 굶는 수밖에 없습니다. 병선이 할머니는 지친 몸으로
밥하는 게 힘들어 누워서 쉬다가 그대로 잠들어 버리기도 했으
니, 저녁을 굶는 날도 더러 있었습니다. 보름을 그렇게 지내는
동안 병선이 할머니의 몸은 몰라볼 정도로 나빠졌습니다. 눈
은 쑥 들어가고 얼굴은 붓고 다리는 더욱 아팠습니다. 보다 못
한 이웃 할머니가 병선이 아빠에게 전화를 했습니다. 전화를
받고 놀란 병선이 아빠가 전화를 했습니다.

"어머니."

"병선이 애비냐?"

"예. 많이 편찮으시다면서요. 목소리에 영 힘이 없으세요."

"힘이 없기는……. 요새 좀 바뻤께."

"아이구, 어머니. 진지는 제대로 챙겨 드셨어요?"

"그럼 밥 안 묵고 살까 봐. 걱정 마라 카이……."

말은 걱정 말라고 해도 목소리는 전혀 그렇지 못했습니다.
말 한 마디 한 마디 하기도 힘겹다는 게 전화로도 느껴졌습니
다. 병선이 아빠는 단호한 목소리로 말했습니다.

"어머니, 농사 안 지으셔도 됩니다. 몸이 편하셔야지…….
어머니, 서울로 올라오세요. 버스는 타실 수 있지요? 지난 번
처럼 고속버스 타고 오시면 마중 나갈게요."

"서울은 머 할라꼬. 괜찮다 카이."

"안 됩니다. 오셔서 치료를 받으셔야 돼요."

"콩 모종도 해야 되고, 비 오면 깨도 심어야 된데이……."

"지금 콩이랑 깨가 문제가 아니에요. 어머니가 살고 봐야지요. 옆집 광우 어머니가 전화까지 주셨어요. 어머니, 자꾸 자식들 얼굴 부끄럽게 하실래요?"

"옆집 할망구가?"

결국 병선이 할머니는 서울로 가게 되었습니다. 자식 얼굴 부끄럽게 하려냐는 병선이 아빠 말에 더 대꾸를 못 했습니다. 딴은 몸이 너무 아프기도 했습니다.

일요일, 병선이 할머니는 서울로 갔습니다. 냉장고 코드만 꽂아 놓고, 다른 전기 코드는 다 뺐습니다. 뒤꼍에 심은 호박이랑 가지에는 물을 잔뜩 주었습니다. 산에서 새끼들을 데리고 내려와 밥을 먹고 가는 고양이를 위해 음식 찌꺼기를 많이 놓아 두었습니다. 이제 병선이 할머니 집은 며칠 동안 불이 꺼진 채 시커멓게 웅크리고 있을 겁니다.

서울 강남 고속버스 터미널에는 병선이 아빠가 기다리고 있었습니다. 병선이 할머니는 버스 계단 두 개를 내려오는 데도 기우뚱 기우뚱 한참이 걸립니다. 무거운 가방을 메고 있어서 더욱 기우뚱거립니다. 병선이 아빠가 쫓아와 가방을 받아들며 말합니다.

"어머니, 멀미는 안 하셨어요? 뭘 이렇게 많이 갖고 오셨어요."

"뭐, 벨 게 없구마. 된장이 들어서 무거울란동……."

병선이 할머니는 수줍게 웃었습니다.

"니들 귀찮게 괜히 올라옹 게 아인동 모르겠다."

"어머니도 참……, 어서 가십시다."

할머니는 병선이 아빠 승용차를 타고 집으로 갔습니다. 병선이와 병희가 할머니를 반갑게 맞이합니다. 병선이 엄마는 한껏 솜씨를 부려 할머니 진지를 지어 놓았습니다. 그러나 할머니는 밥을 많이 먹지 못합니다. 차에 시달려서 피곤한 데다 몸이 아파서 식욕이 없는 탓입니다. 밥을 조금 먹고 할머니는 그대로 쓰러져 잠이 듭니다. 안쓰러운 얼굴로 병선이 아빠와 엄마가 할머니를 지켜봅니다.

"내일 조퇴하고, 어머니 모시고 병원에 가야겠어."

병선이 아빠 말에 병선이 엄마는 말없이 고개를 끄덕입니다.

"어머니 계실 동안 당신이 많이 힘들겠어."

"힘들긴요, 뭐."

병선이 엄마가 웃습니다.

다음 날 아침, 병선이 엄마는 밥을 하지 않아도 되었습니다. 할머니가 새벽부터 일어나 밥을 다 해 놓은 겁니다. 감자를 넣어 된장찌개도 끓이고 갖가지 반찬도 만들어 놓았습니다.

"일 나갈라 카먼 밥을 든든히 먹어야제."

병선이 할머니 말에, 병선이 아빠는 괜히 툴툴거립니다.

"편찮으신데 뭐 하러 밥은 하시고 그래요."

"허허, 이만 일도 못 하면 죽어야제."

병선이 할머니는 웃습니다. 하지만 걸을 때도 벽과 식탁 의자를 잡고 걷는 모습에 병선이 아빠는 가슴이 아픕니다. 그릇을 씻을 때도 한쪽 팔을 싱크대에 받치고 비스듬하게 서서 합니다. 다리가 아파서 바로 서지 못하기 때문이지요.

병원에 갔습니다. 진찰을 한 뒤 엑스레이 사진을 찍고 의사를 만났습니다.

"골다공증이 심하시고…… 퇴행성 관절염입니다. 영양 상태도 좋지 않고……."

의사가 병선이 아빠를 바라봅니다. 영양 상태가 좋지 않다는 말에 병선이 아빠는 얼굴이 붉어집니다.

"부끄럽습니다."

의사가 빙그레 웃으며 말합니다.

"진지를 잘 드시게 해 드리세요. 그리고 다리와 허리가 좋지 않은데…… 혹시 수술을 해 보시겠습니까?"

"수술이라구요?"

할머니와 병선이 아빠가 놀라서 동시에 물었습니다. 할머니를 대기실에 잠깐 기다리게 하고 의사가 병선이 아빠에게 설명을 해 주었습니다. 기술이 좋아져서 낡은 뼈를 갈아 내고 인공으로 만든 뼈를 넣을 수 있다, 덜 아프게 살 수 있다, 하지만 다리를 마음대로 굽히고 펴기는 어렵다, 또 사람에 따라서는 수술이 오히려 안 좋은 경우도 있다, 뭐 이런 이야기였습니다. 그러나 무엇보다 병선이 아빠를 놀라게 한 것은 수술비였습니다. 한쪽 다리 수술하는 데 사백만 원이고, 수술은 두 다리를 다 해야 된다는 것이었습니다.

"다른 방법은요?"

"약물 치료가 있지요."

"그건 어떻습니까?"

"효과는 있습니다. 근본 치료는 아니지만……."

"예……."

결국 병선이 아빠는 약물 치료로 결정하였습니다. 이레에 한 번씩 주사를 맞는 것이었습니다. '하이엘'이라고 하는 특별한 주사였습니다. 다섯 번을 맞으면 효과를 본다고 하였습니다. 이레에 한 번씩 한 달이 넘게 맞아야 했습니다. 약이 독하기 때문에 한 번 맞고 이레가 지난 다음 다시 맞는 것입니다. 그 날 병선이 할머니는 주사를 맞고 집으로 돌아왔습니다.

저녁을 먹은 다음 병선이 엄마가 과일을 깎아서 들고 왔습니다. 과일을 먹다가 병선이 할머니가 말했습니다.

"에미야, 나 증명사진 좀 찍어 줄래?"

"예? 증명사진요?"

병선이 엄마는 궁금한 얼굴로 시어머니를 바라봅니다.

"니가 사진을 잘 찍는다 카이, 내 니한테 찍어 돌라 칼라고 생각 안 했나."

"어머니, 저 증명사진은 못 찍어요."

"와?"

"증명사진은 사진관에서 찍어야……."

그 때 병선이 아빠가 불쑥 나섰습니다.

"어머니, 증명사진이 왜 필요하세요?"

"으야, 경로권 맹그는 데 필요하다꼬 해서……."

"예에. 그럼 사진관에 가서 찍어 드릴게요. 병선이 어미가 사진을 잘 찍긴 하지만 우리는 암실 같은 게 없어서 안 돼요."

"글나? 그카면 맹돈 들겠네. 나는 돈 안 들고 될 줄 알았드만……."

병선이 할머니가 힘 빠진 목소리로 말했습니다.

"니들 돈 씨고 귀찮게 해서 우야노."

"어머니도, 귀찮기는요."

병선이 할머니의 서울살이는 답답했습니다. 이야기 나눌 이웃도 없고 어디 나가 앉아 있을 곳도 없었습니다. 무엇보다 답답한 것은 두고 온 들깻모종 때문이었습니다. 곧 비가 온다고 하는데, 비가 오면 깨를 밭으로 내야 합니다. 병선이 할머니는 어디 나가지도 못하고 집 안에 갇혀만 있습니다. 하는 일이란 빨래와 설거지와 방 청소였습니다. 병선이네 집은 반들반들해졌습니다. 며칠씩 밀려 있던 빨래도 그날 그날 했습니다. 방바닥이나 거실 바닥에 밟히던 것들도 없어졌습니다.

엿새가 지났을 때였습니다. 병선이 할머니가 말했습니다.

"애비야, 나 낼 주사 맞고 내리가야겠다."

"어머니, 안 돼요. 주사 다섯 번 다 맞아야 해요. 그리고 일하시면 더 아파서 안 돼요.”

“인자 좀 괘안쿠만.”

“그 보세요, 어머니. 여기서 쉬시니깐 좀 낫잖아요.”

병선이 엄마도 거들었습니다. 그러나 병선이 할머니는 허허 웃었습니다.

“농사꾼이 우째 태평하게 있을 수 있나. 고추에 물도 뿌리야 되고, 밭에 깨 내는 것도 놓치 삐면 안 된다. 낼 주사 맞고 내리 갈란다. 그리 알그라.”

“어머니도 참……..”

할머니의 농사꾼 고집을 아는 병선이 아빠는 더 이상 말을 잇지 못합니다.

4

병선이 할머니가 시골로 내려온 날 저녁입니다. 옆집에서 저녁을 얻어먹고 와서 버릇처럼 텔레비전을 켰습니다. 누워서 텔레비전을 물끄러미 바라보다가, 할머니는 벌떡 윗몸을 일으켰습니다. 그리고 팔로 몸을 지탱하고 옆으로 몸을 끌어 바삐

서랍장으로 기어갔습니다. 서랍에서 사진을 다 꺼내서 하나
하나 들여다봅니다. 사진 속에는 아들도 있고 며느리도 있고
딸도 있습니다. 손자, 손녀, 아들, 딸, 며느리가 웃고 있는 사진
들은 한옆으로 치웁니다.

"이키 없나?"

찾는 사진이 통 안 나오는지 할머니가 혼잣말로 중얼거립니
다. 그러다가,

"옳지러!"

하고 탄성을 지릅니다. 할머니는, 할머니 얼굴이 나온 사진을
찾고 있었던 겁니다. 아들하고 둘이 찍은 사진도 있고, 딸 둘하
고 같이 찍은 사진도 있고, 손자를 안고 찍은 사진도 있습니다.
그 가운데 할머니 혼자 찍은 사진이 한 장 있었습니다. 병선이
할머니는 기쁜 표정으로 가위를 꺼내 들었습니다. 주민등록증
을 꺼내 놓고, 사진 크기를 어림짐작해서 사진을 잘랐습니다.
잘린 사진 가득 얼굴이 커다랗게 들어 있습니다. 병선이 할머
니는 손가방 속에 자른 사진을 잘 챙겨 넣었습니다.

다음 날 할머니는 씩씩하게 면사무소로 갔습니다. 지난 번
봤던 직원의 얼굴을 보고는 반갑게 다가갔습니다.

"보소."

직원이 병선이 할머니를 알아보았습니다.

"아, 예, 할머니. 경로권 만들 사진은 갖고 오셨나요?"

할머니가 손가방에서 사진을 꺼냈습니다.

"이걸로 우예 안 되니껴?"

사진을 받아 든 직원이 웃음을 참느라고 볼을 부풀렸습니다. 옆에 있던 직원도 사진을 넘겨다보고는 쿡쿡 웃었습니다.

"할머니, 사진에 얼굴만 커다랗게 있네요."

직원이 우스갯소리를 했지만, 할머니는 오로지 경로권을 만들 수 있는지 없는지가 궁금했습니다.

"되니껴? 안 되니껴?"

할머니가 다시 묻자 직원이 대답했습니다.

"뭐, 안 될 건 없지만, 볼품이 좀 없겠는데요. 그런데 사진 크기가 맞을라나……."

직원은 경로권 종이를 꺼내서 사진을 대 보았습니다. 요리조리 사진을 대 보던 직원이 말했습니다.

"할머니, 사진이 커요. 잘라서 붙이려니, 얼굴 한쪽이 바짝 잘릴 것 같아요. 아무래도 안 되겠는데요. 할머니, 그러지 마시고 사진관 가서 증명사진 하나 찍어 오세요."

옆에 있던 직원이 또 쿡쿡 웃었습니다. 병선이 할머니는 창

피한 마음이 들었습니다. 그래서,

"주소!"

하고 직원이 손에 들고 있던 사진을 빼앗아 얼른 면사무소를 나와 버렸습니다.

집으로 오면서 병선이 할머니는 생각합니다.

'사진을 찍어서 내려오는 긴데…….'

서울에서 사진을 찍어 오지 못한 게 후회가 되었습니다.

바로 그 날 저녁, 저녁밥을 먹고 나서 식구들과 함께 있던 병선이 아빠가 "아이쿠!" 했습니다. 병선이 엄마, 병선이, 병희 모두 아빠를 빤히 쳐다봅니다. 병선이 아빠는 다시 한 번 "아이쿠!" 하더니 말했습니다.

"어머니 증명사진 말이야. 그걸 까먹었네."

그제야 병선이 엄마도 놀라며 안타까워했습니다.

"그렇네요. 아휴, 그걸 까맣게 잊고 있었어요. 이를 어째."

"잠깐이면 되는걸, 잠깐 사진관에 모시고 가서 찍어 드릴걸. 17분 완성도 있는데……. 어머니는 왜 말씀을 안 하셨을까? 우리가 잊어 먹고 있으면 또 말씀을 하시지. 찍어 달라고."

병선이 아빠는 가슴을 칩니다.

"사진관에 가서 찍어야 한다니까 더 말씀 안 하신 것 같아요. 돈 든다고. 우리가 맨날 아침에 나갔다가 저녁에 들어오니까 말씀하시기도 눈치 보이셨을 거예요. 아휴, 참. 우리가 알아서 찍어 드렸어야 했는데……."

병선이 엄마 말에 병선이 아빠는,

"맞아…… 그러셨어……."

하고 중얼거리며 시골로 내려간 어머니를 생각합니다. 자식들을 귀찮게 할까 봐 아픈 것도 숨기고, 당신이 필요한 것도 말씀하시지 않는 어머니. 그런 어머니 마음을 헤아려 드리지 못한 것이 속상합니다. 내려가는 날에, 경로권 없이 찻삯을 내면서 아까워했을 어머니 얼굴이 떠오릅니다. 병선이 아빠는 죄스러운 마음을 가눌 길이 없습니다.

병선이 아빠 엄마는 서로 안타까운 얼굴로 마주 보고 앉아 있습니다.

"에이, 이런 건 면사무소나 사회복지공단 같은 데서 해 주면 안 되나? 시골엔 혼자 사는 노인네들이 얼마나 많은데."

병선이 아빠가 툴툴거리자 병선이 엄마가 웃으며 말합니다.

"어느 세월에? 모든 걸 다 가족의 책임으로 미루는 나라에서? 꿈 깨야지."

병선이 아빠는 입맛을 쩝쩝 다십니다. 한참 있다가 병선이 아빠가 결심한 듯 말했습니다.

"우리가 내려갑시다. 가서 어머니 증명사진도 찍어 드리고, 모시고 올라와서 주사도 계속 맞게 해 드립시다."

"그래요. 그게 낫겠어요."

토요일날, 병선이네 식구는 시골로 내려갔습니다. 병선이 할머니는 "뭐 할라꼬 왔냐"고 타박을 하면서도 싱글벙글입니다. 할머니가 차려 주신 정성이 담뿍 담긴 저녁을 먹고 나서 병선이 아빠가 말했습니다.

"어머니, 얼른 옷 갈아입어요. 사진 찍으러 가게."

"으잉? 사진은 와?"

"증명사진 말이에요."

"아……!"

병선이 할머니가 환하게 웃습니다. 병선이 할머니는 얼른 옷을 챙겨 입습니다. 속으로 꽤나 증명사진 찍기를 기다렸던 게 분명합니다. 장롱 속에 고이 걸어 두었던 옷을 꺼내 입습니다. 지난 해에 병선이 엄마가 사 드린, 노랑 바탕에 색색깔의 물방울 무늬가 그려진 옷입니다. 병선이 엄마가 옷 맵시를 봐

드리고, 머리도 손질해 드립니다. 병선이 할머니는 새색시처럼 수줍어합니다.

승용차를 몰고 시내로 나갑니다. 시내는 승용차로 나가면 십오 분이면 닿습니다. 몇 군데 사진관을 둘러보다가 '30분 완성'이라는 광고를 붙여 놓은 곳에 들어갔습니다. 사진을 찍고 한 시간을 기다린 다음 찾았습니다. 사진 속 병선이 할머니는 웃을 듯 말 듯 묘한 표정입니다.

"이게 증명사진이라 카는 기가? 에구 쪼맨하기도……."

병선이 할머니는 사진을 받아 들고 즐거워합니다.

"어머니, 잘 두셨다가 나중에 경로권 만드세요."

"그럼, 그럼."

병선이 할머니는 늘 들고 다니는 손가방 안쪽 깊숙이 사진을 넣습니다. 병선이 할머니와 식구들은 흐뭇한 마음으로 집에 돌아왔습니다. 그 날따라 별이 유난히 많이 떴습니다. 날이 맑아서일까요? 서울에서는 좀처럼 볼 수 없었던 별이 병선이 할머니 집 마당과 지붕 위로 한없이 쏟아져 내리고 있었습니다.

내일은 또 이 집에서 조그만 다툼이 일어나겠지요. 할머니는 서울에 안 가려고 하고 병선이 아빠 엄마는 자꾸 가자고 하고…….

삼백 아지매네 묵 맛

1

닷새 만에 돌아오는 장날입니다.

여느 장날처럼 삼백 아지매네 손수레는 오늘도 시끌벅적합니다.

"묵 한 그릇 퍼뜩 말아 주이소."

"내사마 두 그릇 묵을란다."

"아주마이, 그 겉저리 좀 덤뻑 썰어 넣이소."

할머니 할아버지들이 옹기종기 쪼그리고 앉아서 큰 소리로 주문을 해 댑니다. 한쪽 켠에선 후루룩 후루룩 소리를 내면서 묵을 먹느라고 정신이 없습니다.

이렇게 떠들썩하니까 지나가던 사람들도 한 번씩 넘겨다보고 갑니다. 묵을 치는 삼백 아지매의 재빠른 손놀림을 구경 삼아 한참 동안 서서 보는 사람도 있습니다. 시장통 골목길에 때 아닌 잔치 마당이 열린 듯했습니다.

그런데 이 잔치를 잔뜩 찌푸린 얼굴로 노려보는 사람이 있었습니다. 볼이 퉁퉁 부어서 삼백 아지매를 쏘아보는 사람은, 골목길로 문을 내고 붙박이로 음식점을 하고 있는 둥뎅이 아지매입니다.

둥뎅이 아지매네도 묵과 꽁보리밥을 전문으로 파는 집입니다. 장사가 가장 잘 되는 날이 장날인데, 삼백 아지매가 나오고부터는 장날이 오히려 공치는 날이 되어 버렸던 것입니다. 그게 벌써 두 달이 지났습니다.

"어휴, 속상해라! 저 여자만 나오마 우리 집은 고마 파리를 날린다 아이가."

둥뎅이 아지매는 빈 식탁만 썰렁하게 놓여 있는 식당 안을 둘러보며 가슴을 쾅쾅 쳤습니다. 곁에 섰던 영순이(영순이는 둥뎅이 아지매네서 일을 하는 고등학생입니다.)는 가만히 있으면 좋을 걸, 괜히 한 마디 해서 둥뎅이 아지매를 더욱 화나게 합니다.

"저 아주머네 음식이 맛있는 갑지요. 그라이까네 사람들이 몰리는 거 아입니꺼."

"뭐라? 이 가시나가 불난 집에 부채질하나!"

둥뎅이 아지매가 영순이를 쏘아보며 소리를 버럭 질렀습니다. 하지만 영순이는 재빨리 주방으로 내빼면서 한 마디 더 합니다.

"사실이 그렇다 아입니꺼. 우리 집에서 묵고 가는 사람들은 맛있다 카는 소리 안 하대요."

"어휴, 조걸 그냥!"

둥뎅이 아지매는 벌떡 일어섰다가 털썩 주저앉습니다. 딴은 영순이 말이 꼭 틀렸다고 할 수만은 없습니다. 넓은 식탁에, 편안한 의자가 있는 깨끗한 식당이 바로 옆에 있는데도 저 꾀죄죄한 손수레로 사람들이 몰리는 것을 보면 말입니다.

사람들은 엉덩이가 반밖에 걸쳐지지 않는 좁다란 나무 의자에 쪼그리고 앉아서 음식을 먹고 있습니다. 그나마 나무 의자도 몇 개 안 됩니다. 불편하지도 않은가 봅니다. 서서 먹는 사람들도 그저 행복한 표정을 하고 있으니 말입니다. 둥뎅이 아지매가 화가 날 만도 합니다. 하지만 언제까지나 화만 내고 있을 수는 없는 노릇입니다.

둥뎅이 아지매는 속으로 생각을 해 봅니다.

'정말 영순이 말처럼 너무너무 맛이 좋다는 것인가? 그렇다면 할 수 없다. 자존심이 상하는 일이지만 저 여자네 묵을 한번 먹어 봐야겠다. 정말 맛이 있다면 어떤 재료들을 써서 어떻게 만드는지 따져 봐야지.'

둥뎅이 아지매는 영순이에게 묵을 사오라고 했습니다.

"참 내, 묵집에서 남의 묵 사다 먹는 건 첨 보겠네."

영순이가 고시랑거리며 사온 묵을 몇 숟가락 먹고 난 둥뎅이 아지매는 고개를 갸웃갸웃했습니다. 그리고 영순이에게 묵을 먹어 보라고 했습니다.

"어떻노? 우리 집 묵보다 맛있냐?"

"뭐 벨 차이 없니더."

"그렇제?"

참 모를 일입니다.

둥뎅이 아지매는 더욱 가슴이 답답해졌습니다. 삼백 아지매네 묵이 진짜 맛있으면 그 맛내는 기술을 살짝 훔치려는 속셈이었는데, 그것도 틀렸습니다.

삼백 아지매는 몰려드는 손님들 치다꺼리에 눈코 뜰 새가 없습니다. 둥뎅이 아지매는 부글부글 끓어 오르는 화를 삭이느라 애간장이 탑니다. 그러는 가운데 어느덧 하루 해가 저물어 갔습니다.

2

깜빡 새에 닷새가 지나고 또 장날이 돌아왔습니다.

둥뎅이 아지매는 아침부터 단단히 벼르고 있습니다.

"요 여자, 오늘 나오기만 해 봐라."

둥뎅이 아지매는 싱글싱글 웃었습니다. 그럴 만 한 이유가
있었습니다. 바로 어젯밤, 사촌 동생에게 삼백 아지매를 쫓아
달라고 부탁을 해 놓았기 때문이지요. 사촌 동생은 군청에서
일하는 공무원인데 가끔 길거리에서 장사하는 사람들을 단속
하러 다니기도 했습니다.

사촌 동생이,

"장날에는 길바닥에서도 장사를 할 수 있도록 특별히 봐 주
기 때문에 쫓을 수가 없더."

하고 눈살을 찌푸렸지만 둥뎅이 아지매는,

"그럼 너는 내가 망해도 좋나? 동생 좋다는게 뭐냐? 높은 자
리 있을 때 좀 도와줘라, 자슥아!"

하면서 길길이 뛰었습니다. 그러자 동생은 할 수 없다는 듯 대

답했습니다.

"알았어요. 하여간 내일 와서 자리를 옮기도록 말이나 해 보겠니더. 묵집 바로 코앞에서 묵 장사를 하는 것도 문제는 문젠 기라."

어쨌든 동생이 오기로 했으므로 둥뎅이 아지매는 기세 등등하게 삼백 아지매를 기다렸습니다.

아침을 먹고 한 번 쉴 참이 지났을 때 드디어 삼백 아지매가 삐그덕 삐그덕 수레를 끌고 나타났습니다.

삼백 아지매가 물을 긷는다, 자리를 편다 하고 한참 부산을 떨고 나자 사람들이 기다렸다는 듯이 몰려들기 시작했습니다. 아직 점심 때가 되려면 멀었는데도 말입니다. 아마 다들 장 본다고 아침을 일찌감치 먹고 나온 탓에 배가 출출했던 모양입니다.

"어서들 오시이소."

삼백 아지매가 활짝 웃으며 상냥하게 사람들을 맞이했습니다. 둥뎅이 아지매는 그런 삼백 아지매가 얄미워 죽을 지경입니다.

'그래, 어디 두고 보자.'

둥뎅이 아지매는 이를 부드득 갈면서 어서어서 시간이 지나

가기를 빌었습니다. 동생이 점심 때에 나온다고 했기 때문이지요. 동생이 나오기만 하면 저 얄미운 삼백 아지매가 벌벌 떠는 꼴을 볼 수 있을 테니까요.

점심 때가 되었습니다.

둥뎅이 아지매는 가슴이 두근거렸습니다. 이제나 저제나, 동생이 돌아 나올 골목길을 눈이 빠지게 쳐다보았습니다.

삼백 아지매는 아무것도 모른 채 손님들과 함께 웃고 떠들었습니다.

그 때였습니다. 골목 끝에서 두 사람이 나타났습니다. 말쑥하게 양복을 차려 입은 젊은 남자들이었습니다.

'음, 이제야 오는군.'

사촌 동생을 본 둥뎅이 아지매의 가슴이 곤방망이질 치기 시작했습니다. 동생은 느릿느릿 걸어서 다가왔습니다.

옆엣사람을 같이 일하는 친구라고 소개한 동생은 삼백 아지매네 손수레를 가리키며 물었습니다.

"누님, 저 아주머닌 갑지요?"

떠들썩한 삼백 아지매네 손수레를 보며 동생은 싱글싱글 웃었습니다.

"맞다, 저 여자다. 그래 우짤끼고?"

"글쎄요……."

동생은 같이 온 친구를 돌아보며 혀를 쩟쩟 찼습니다.

"우선 묵이나 한 그릇 사 묵어 보제이."

친구가 말했습니다.

사촌 동생과 친구는 삼백 아지매네 손수레로 다가갔습니다. 마침 빈 자리가 있어서 두 사람은 덥석 대들어 앉으며 소리쳤습니다.

"아주마이 묵 두 그릇 주소."

"야야."

삼백 아지매는 활기차게 대답하면서 묵을 듬뿍듬뿍 담아 냈습니다.

"참 장사가 잘 되구마요."

동생이 한 마디 하자 삼백 아지매는,

"고맙심더. 다 여러분께서 도와주시는 덕분인기라요."

하고 대답했습니다.

동생이 묵을 몇 숟가락 떠먹고 있는데 누가 옆구리를 쿡 찔렀습니다. 영순이였습니다. 영순이는 눈을 찡긋거리며 손가락 짓을 했습니다. 영순이가 가리키는 곳에는 울그락 불그락한 얼굴을 하고서 노려보는 둥뎅이 아지매가 서 있었습니다.

'어휴, 참말로. 난들 어쩔 수가 있나.'

동생은 개똥 씹은 얼굴로 가만히 있다가 삼백 아지매에게 불쑥 한 마디 했습니다.

"그란데, 아주마씨요. 이렇게 길에서 장사를 해도 됩니꺼?"

"야?"

삼백 아지매는 무슨 소리를 하느냐고 동생을 멀뚱히 쳐다보았습니다.

"길에서 장사를 하는 것은 불법이란 말입니더."

묵을 사 먹고 있던 사람들이 모두 머쓱해서 동생을 쳐다보았습니다. 삼백 아지매는 썰던 묵모를 잡고 멍청히 섰다가 툭 쏘았습니다.

"와 그라시는데요? 장날에는 다들 길에서도 장사를 한다 아입니꺼?"

"하여튼 길에서 장사하는 건 불법이오. 여기서 이제 장사하지 마이소."

동생의 말이 자기도 모르게 거칠어졌습니다. 그러자 묵을 먹던 한 할머니가 여기저기를 손가락으로 가리키며 말했습니다.

"허 참. 이 젊은 양반 이상하구마. 저기 보소. 다들 장사를 하고 안 있능교?"

길바닥에는 신발을 파는 사람, 모자를 파는 사람, 떡을 파는 사람들이 있습니다. 어떤 이는 수레에 물건을 벌여 놓고, 어떤 이는 돗자리를 펴 놓고 물건을 팔고 있습니다.

"통 뭘 모리는 사람이구마. 장날엔 차도 못 들어오게 맹글고, 누구든지 팔고 싶은 것은 뭐든지 길바닥 장사를 할 수 있게 돼 있데이. 와 카능교?"

"거 참 요상쿠마."

할머니 말고도 묵을 먹던 다른 사람들이 저마다 한 마디씩 했습니다. 삼백 아지매는 잠깐 놀란 듯했으나 사람들의 말에 힘을 얻어 다시 묵을 썰며 말했습니다.

"참, 손님도. 장날엔 괘안쿠마. 손님이 뭘 잘 모리고 카시는 거라요. 어서 그 묵이나 드이소."

"뭐라? 이 여자가 남의 장사를 망해 묵으면서, 니 뭐라 카노?"

갑자기 걸걸하면서도 앙칼진 소리가 들렸습니다. 둥뎅이 아지매가 언제 왔는지 수레 옆에 떡 버티고 서서 눈을 부라렸습니다.

"이제 내 더는 몬 참는다. 이 여자야, 니가 두 달 동안 우리 집 손님을 다 뺏아 뿔고, 나는 마 몬 살겠다.”

둥뎅이 아지매가 소리소리치는 통에 여기저기서 사람들이 모여들었습니다. 그러거나 말거나 둥뎅이 아지매는 쉬지 않고 쏘아 댔습니다.

“이 사람은 내 동상인데, 너 같은 여자를 장사 못 하게 쫓아 내는 군청 공무원이다. 어이 동상, 뭐 하고 있노? 저 여자를 당장에 쫓아 뿌지 못하고!”

둥뎅이 아지매가 어깨를 으쓱으쓱하며 동생에게 채근을 했습니다. 그러자 동생은 그만 얼굴이 시뻘개지더니 자리에서 일어섰습니다. 친구도 비칠비칠 따라 일어섰습니다. 동생은 뒤도 안 돌아보고 둥뎅이 아지매네 식당 안으로 들어갔습니다. 둥뎅이 아지매는 시근덕거리며 동생을 쫓아 들어왔습니다.

“에구 참, 괜히 누님 때문에 남우세만 당했구마. 그래, 내 첨부터 할 말이 없다 안 캅디까?”

동생이 툴툴댔습니다.

“바보같이, 큰 소리 한 번 몬 치나 그래.”

둥뎅이 아지매는 다시 속이 부글부글 끓는 듯했습니다.

“동상도 몬 쫓는다 카고, 그라마 저 여자가 우리 장사를 망

치게 하는 꼴을 그냥 두고 봐야 된단 말이가? 어이구, 속 터

져."

동생은 대답 없이 물만 마시다가 이렇게 말했습니다.

"누님요. 그 카지 말고 한번 잘 생각해 보이소. 저 아주먼네 가게가 와 그리 잘되는지 말입니더."

"맞심더. 넘 집이 잘된다꼬 화만 낼 게 아이고, 와 잘되는강 그걸 생각해 봐야 됩니데이."

친구도 맞장구를 쳤습니다.

"에잉, 점심 시간 안 끝났나? 니 빨리 안 드가나?"

둥뎅이 아지매는 동생을 보고 소리를 빽 질렀습니다. 동생은 허허 웃으면서 자리를 털고 일어섰습니다.

그 날 해거름이었습니다.

삼백 아지매가 둥뎅이 아지매를 찾아왔습니다. 묵 한 사발을 맛깔스럽게 담아 왔습니다.

"죄송합니더. 미처 아지매네 생각은 몬 하고 지가 얌체같이 돼 뿠이니."

"끙."

둥뎅이 아지매는 앵 토라져서 대꾸도 안 했습니다. 삼백 아

지매는 생글생글 웃었습니다.

"그 동안 미안했니더. 마, 이제 담 장날부텀은 다른 데서 장사를 하겠심니더."

"다른 데서 장사를 하겠다꼬?"

둥뎅이 아지매는 눈을 둥그렇게 떴습니다.

"야. 이 시장 바닥에 여기 아이라도 수레 놓을 데는 많이 안 있능교. 내가 생각해 봉께네 내 돈 벌자꼬 넘 피해 주능 건 나쁜 일인기라요. 그래서 옮기기로 했응께네, 아지매, 그만 화 푸이소."

"……."

"그라마 앞으로 장사 잘되기를 빌믄서 지는 이만 가 볼랍니더. 안녕히 계시이소."

삼백 아지매는 가게를 나서더니 주섬주섬 수레를 챙겨서 떠났습니다. 그 뒷모습을 보면서 둥뎅이 아지매는,

"이게 우예 된 기고?"

하고 혼잣말을 했습니다.

3

다음 장날이었습니다.

정말 삼백 아지매는 나타나지 않았습니다. 둥뎅이 아지매네 식당엔 손님이 조금 늘었습니다. 삼백 아지매를 찾아왔던 사람들이,

"에라, 아무 데서나 먹지 뭐."

하며 둥뎅이 아지매네로 들어섰던 것입니다.

다음 장날, 그 다음 장날도 삼백 아지매는 역시 나타나지 않았습니다. 둥뎅이 아지매네 식당엔 손님이 장날마다 조금씩 늘어 갔습니다.

삼백 아지매가 떠나고 네 번째 장날이 돌아왔습니다.

손님이 늘어서 좋기는 했지만 둥뎅이 아지매는 마음 한 구석이 찜찜하면서, 미안한 생각이 들었습니다. 자기가 삼백 아지매를 쫓아냈다는 생각이 들어서였습니다.

'다른 데 가서 장사를 한다고 했으니까 이 장터 어딘가엔 있겠지.'

둥뎅이 아지매는 삼백 아지매가 보고 싶었습니다. 참 이상한 일이었습니다. 그렇게 밉살스럽던 삼백 아지매의 얼굴이 보고 싶어지니 말입니다. 만나면 고맙다고 해야 할지 미안하다고 해야 할지 모르겠지만 하여간 찾아보기로 마음먹었습니다.

둥뎅이 아지매는 시장 골목을 한참 동안 휘휘 돌아다닌 끝에 한 모퉁이에서 수레를 펼쳐 놓고 묵을 써는 삼백 아지매를 발견했습니다.

"아니? 아지매가 우짠 일로?"

삼백 아지매가 깜짝 놀랐습니다.

"묵 한 그릇 사 묵으로 왔제. 와? 나한테는 안 파나?"

둥뎅이 아지매는 퉁명스러운 목소리로 말했습니다.

"무신 그런……. 안 팔기는 와 안 팔아요."

삼백 아지매는 하하 웃었습니다.

"그래, 자리를 옮기고 나니 장사가 잘 안 되제?"

"야. 전보담은 몬 합니더. 차차 나아지겠지요."

"미안하게 됐구마. 내가 하도 장사가 안 되니께 소증이 나서 그마."

둥뎅이 아지매가 멋쩍은 얼굴로 말했습니다.

"참 아지매도. 지가 애초에 묵집 앞서 묵 장사를 시작한 기 잘몬한 기지요."

삼백 아지매가 양념을 맛있게 버무린 묵 한 사발을 내놓았습니다. 둥뎅이 아지매는 묵 한 사발을 맛나게 먹고 나서 넌지시 물었습니다.

"그란데, 우짜믄 그렇게 손님이 많이 오노? 묵 맛은 뭐 우리 집 묵캉 벨 차이가 없두만. 무신 방법이 있시믄 내도 좀 갈체 도고."

"방법예?"

삼백 아지매는 고개를 갸웃했습니다.

"뭐, 특별한 방법이라 칼 기 엄는데……. 지는 다만 묵 만들 믄서 한 가지 생각하능 건 있니더. 옳은 음석 만들어 팔자는 그 깁니더."

"그래? 참말 별꺼 없네."

"그라믄요. 묵 만드는 거야 뭐 다 똑같지, 뭐 빌 다른 기 있니껴?"

두 사람은 함께 하하 웃었습니다. 즐거워진 두 사람은 이런 저런 이야기를 정답게 나누었습니다. 그러다가 아이들 얘기를 하게 되었습니다. 둥뎅이 아지매가 삼백 아지매에게 물었습니다.

"그래, 자네는 아가 우예 돼노?"

"뭐, 큰아는 아들인데 서울서 대학 댕기고, 그 담으로 딸아인데, 지금 중학교 삼 학년임더."

"대학? 그라마 이 묵 팔아 가지곤 좀 힘들겠구마."

"그래도 우엡니꺼. 농사도 쪼매 짓고 장날마둥 이렇게 나와서 묵도 팔고 한께 겨우겨우 되긴 됩디다. 큰아 지도 아르바이트 하고예."

"쩟쩟. 힘들겠구마."

둥뎅이 아지매가 걱정을 해 주었습니다.

"그라이까네 이 묵을 사 묵는 사람들이 얼마나 고맙십니꺼. 그래서 지는 마 묵을 성심껏 맹급니더. 옳은 사람 되라꼬 자슥 공부 시키는 데 드는 돈을 이 묵이 만들어 주잖니껴?"

"이야, 참 그 말 한번 좋네요."

그 때 묵을 먹고 있던 사람이 불쑥 끼어들었습니다.

"아지매 말쌈이 참 명언이라요. 어째 묵 맛이 유난히 감칠맛이 나더라."

그 사람의 말에 둥뎅이 아지매가 고개를 크게 끄덕였습니다. 둥뎅이 아지매 얼굴에는 만족스런 웃음이 가득 떠올랐습니다.

천서리 이광정 막국수

천서리에서 이광정 할아버지가 막국수집을 시작한 것은 십 년 전이다. 할아버지는 집 앞마당에 들마루를 내놓고 가끔 오가는 사람들에게 막국수를 팔았다. 그런데 할아버지의 음식 맛을 본 사람들은 입에 침이 마르게 칭찬을 했다. 국수 가락이 입에서 살살 녹는다느니, 국물이 시원하기 짝이 없다느니, 김치가 너무 맛있어서 김치만 있어도 밥을 두 그릇은 먹겠다느니 저마다 한 마디씩 했다. 그럴 때마다 할아버지는 활짝 웃으며 고맙다는 인사를 했다.

소문은 금방 퍼졌다. 할아버지네 막국수를 먹고 간 사람들의 입에서 입으로 퍼져 나간 소문은 맛있는 음식을 찾는 사람들을 끌어들였다. 토요일이나 일요일에는 시커먼 고급 승용차들이 할아버지네 집 둘레에 즐비하게 늘어섰다. 천서리를 지나가는 사람들뿐 아니라 일부러 막국수를 먹기 위해 찾아오는 사람들도 있었다.

날이 지나고 해가 바뀌어 소문은 날개를 달았다. 막국수를 먹고 간 어느 신문 기자는 맛깔스런 팔도 음식을 소개하면서 '천서리 이광정 막국수집'을 기사로 썼다. 어느 날은 한 텔레비전 방송국에서 찾아와 카메라로 찍어 가기도 했다. 쑥스럽게 웃고 있는 이광정 할아버지가 텔레비전에 나왔다. 텔레비전 음식, 요리 프로그램에서는 다투어 이광정 막국수집을 알렸다.

막국수집은 늘 미어터졌다. 한 시간이고 두 시간이고 줄을 서서라도 기어이 막국수를 먹어야만 가는 사람도 있었다. 그런 사람들이 불만스럽게 말했다.

"할아버지, 집 좀 크게 지으세요."

아닌게 아니라 사람들이 너무 몰려들어서 할아버지는 눈코 뜰 새가 없었다. 할 수 없이 도시에 나가 살던 아들 부부를 불러들였다. 농사 짓기 싫어서 도시로 나갔던 아들은 날품팔이로 하루 벌어 하루 먹는 생활을 하고 있던 참이었다. 아들 부부는 군말 없이 아버지의 말을 따랐다.

돌아온 아들의 주장으로 집도 새로 지었다. 할아버지는 새로 집을 짓는 게 영 내키지 않았다. 하지만 한편으로는 줄을 서서 기다리는 사람들에게 미안한 마음도 있었다. 결국 아들 말에 반대 한 번 못 해 보고 어물쩍 넘어갔다. 집은 이층 양옥으로 번쩍번쩍하게 지었다. '이광정 막국수'라고 쓴 어마어마하게 큰 간판도 내걸었다.

음식점이 집을 새로 크게 내면 망한다는 말이 있다. 그런데 이광정 할아버지에게는 그 말도 맞지 않았다. 집을 새로 짓자 사람들은 더 몰려들었다. 할아버지의 음식 솜씨에 변함이 없었기 때문이었다.

이 때부터 다른 막국수집들이 하나 둘 생겨나기 시작했다. 고향산천 막국수, 삼거리 막국수, 산해진미 막국수…… 깜짝새에 열 군데가 넘는 막국수집이 문을 열었다. 그런데 하나같이 '원조'라는 간판을 내걸었다. '가장 처음'이라는 뜻의 원조는 많기도 했다. 막국수집뿐만 아니라 노래방을 비롯해서 슈퍼, 카센터까지 생겨났다. 천서리는 큰 동네가 되었다. 군청에서는 천서리 들머리에 '천서리 막국수촌'이라고 커다란 알림판까지 세웠다. 이광정 할아버지가 막국수를 팔기 시작한 지

십 년 만의 일이었다.

많은 집과 건물들이 새로 들어서자 이광정 할아버지네는 차츰차츰 밀려서 동네 안쪽 깊숙이 들어앉은 꼴이 되었다. 차가 다니는 큰길에서는 아예 보이지도 않았다. 그러나 여전히 많은 사람들이 찾아왔다. 다른 막국수집들이 온갖 치장을 하고 손님들을 유혹했지만 이광정 할아버지네를 아는 사람들은 다른 음식점을 찾지 않았다. 천서리 막국수촌의 진짜 원조를, 아는 사람은 다 알고 있었던 것이다. 손님이 특히 많은 휴일에는, 이광정 할아버지네 막국수집에만 사람이 넘쳐나고 다른 막국수집은 한가했다. 이광정 막국수를 먹으려고 줄을 서서 기다리다가 지친 사람들이나, 이광정 막국수를 아예 모르는 나그네들만 다른 막국수집을 찾았다. 큰돈을 들여서 음식점을 냈지만 벌이가 신통치 않자, 다른 막국수집 주인들은 벙어리 냉가슴을 앓았다.

그러던 어느 여름, 일요일이었다. 사시사철 손님이 끊이지 않았지만 특별히 여름철에는 손님이 더 많았다. 이광정 막국수집이 문을 열지 않았다. '오늘은 쉽니다'라고 쓴 종이가 이광정 막국수집 현관에 나붙었다. 이광정 막국수를 먹기 위해 찾아왔던 많은 사람들이 한숨을 쉬었다.

"할아버지가 어디 편찮으신가?"

하고 걱정스레 말하는 사람도 있고,

"이제 배가 부른가 보지? 돈을 벌 만큼 벌었다 이거지."

하고 비꼬는 사람도 있고,

"흥! 음식점이 손님 많은 날 문을 닫고도 안 망하나 보자."

하며 화를 내는 사람도 있었다. 맛있는 막국수를 먹게 될 거라고 잔뜩 기대를 하고 왔다가 못 먹게 되어서 화가 난 모양이었다. 어쨌든 그 날은 다른 막국수집들이 살판이 났다. 이광정 막국수를 먹으러 온 사람들이 꿩 대신 닭이라고, 다른 막국수집으로 흩어져 들어갔기 때문이다. 물론 그냥 돌아간 사람들도 꽤 있었지만 말이다.

이 때 이광정 할아버지는 집 뒤꼍에서 파를 다듬고 있었다.
한가하던 다른 막국수집들에 그들먹하게 들어찬 손님들을 보
고 이광정 할아버지 아들은 배가 아팠다. 아들은 아버지에게
볼멘소리를 했다.

"아버지, 사람들이 욕해요."

할아버지는 대답 없이 파만 다듬었다.

"돈 많이 벌어서 이젠 배가 불렀냐고 비꼰다니까요!"

할아버지는 여전히 말이 없었다.

"사람들이 우리 집은 망할 거래요."

"망하기야 하겠니."

할아버지는 껄껄 웃으며 아들을 쳐다보았다.

"고깃국 잘 끓이고 있지? 푹 끓여서 진국을 우려내거라. 내
일 손님 맞을 준비를 잘 해야지."

"도대체 오늘 문을 닫은 까닭이 뭐예요? 일 주일 내내 버는
것보다 오늘 하루 버는 게 더 많은데……."

"내가 피곤해서 좀 쉬려고 닫았다니까."

"피곤하시다는 분이 파를 다듬고 있어요?"

"어허. 그만 하고 부엌에 들어가서 가마솥의 불이나 살피거
라."

　아들은 볼이 잔뜩 부은 채 부엌으로 들어갔다. 부엌엔 물이 닷 말은 들어가는 시커먼 가마솥 세 개에 고깃국이 끓고 있었다. 하룻밤을 꼬박 끓이고 또 끓여서 우려 낸 국물은 막국수의 국물로 손님들 상에 올려질 것이었다.

　일 주일에 한 번, 일요일마다 '이광정 막국수'는 문을 닫았다. 단골 손님과 물어 물어 찾아온 손님들이 서너 번 허탕을 치고 나자 이젠 일요일이 되어도 이광정 막국수를 찾아오는 사람은 거의 없었다. 다른 막국수집 주인들이 신바람 나서 바쁘게 일할 때, 이광정 할아버지 아들은 하릴없이 빙빙 동네만 돌았다. 이 집을 기웃 저 집을 기웃거리며 가득가득 들어찬 손님들을 보고 배를 앓았다. 손가락 계산으로도 하루에 수백만 원은 앉아서 손해를 본다는 생각에 아버지가 너무도 원망스러웠다. 더욱이 천서리 슈퍼 김씨 아저씨의 말은 아들 가슴에 불을 질렀다.

"자네 꿈은 어찌 하누……."

김씨 아저씨가 안타깝다는 얼굴로 말했다.

"무슨 말씀입니까?"

"자네가 입버릇처럼 한 말이 있잖나. 돈 벌어서 뭐, 천서리에다 종합 오락장을 세운다고? 이 천서리에서 가장 높은 건물을 세울 거라며."

김씨 아저씨가 히죽거렸다. 아들은 부아가 치밀었다.

"지금 절 놀리는 겁니까? 안 그래도 짜증나는데."

"사람 참. 뭐 화를 내구 그래."

아들은 집으로 돌아오자마자 이광정 할아버지에게 대들었다.

"아버지는 힘들면 쉬세요. 일은 제가 다 할 테니까요. 다음 주부터는 일요일에도 문을 열 겁니다."

"안 된다."

"왜 안 된다는 겁니까? 힘들어서 문을 못 연다고 하셨잖아요. 그러니까 그냥 쉬시라니까요. 일은 제가 다 합니다."

"글쎄 안 된다니까."

"도대체 안 된다는 이유가 뭐예요? 세상에 이런 막무가네가 어디 있어요!"

아들이 버럭 소리를 질렀다. 이광정 할아버지는 아들을 물끄러미 쳐다보았다. 뭔가 얘기를 할 듯 말 듯 망설이더니,

"두고 보면 안다."

하고는 입을 다물어 버렸다. 아들이 뭐라고 하든 더 이상 대꾸가 없었다. 아들은 한참 동안 사정도 하고 화도 내고 하다가 제풀에 지쳐서 밖으로 나갔다.

다음 주 일요일, 아들은 기어코 문을 열고 말았다. 이광정 할아버지는 방 안에 들어앉아 꼼짝도 하지 않았다. 길길이 날뛰는 아들을 막지도 못하고 방바닥이 꺼져라 한숨만 쉬고 있었다.

문 열기를 기다리기라도 했다는 듯이 손님들이 밀어닥쳤다.

아들의 입이 함지박만 하게 벌어졌다. 아들은 아내와 종업원들을 바삐바삐 몰아붙였다. 막국수와 편육을 손님들 상으로 쉴 새 없이 날랐다. 그런데 이 자리 저 자리에서 손님들이 고개를 갸웃거리며 소리쳤다.

"국물 맛이 좀 이상한데? 어떻게 된 거야?"

"이 편육은 왜 이리 질겨?"

"김치 맛이 맹맹해. 쓴 것 같기도 하구."

어떤 사람은,

"이 집 이광정 막국수집 맞아?"

하면서 간판을 다시 한 번 확인하기도 했다. 손님들의 얘기를 듣고 난 아들의 얼굴이 붉어졌다. 사실, 막국수 국물이며 편육 삶는 것을 모두 혼자서 했다. 이광정 할아버지는 문 여는 것에 반대하면서 음식 준비에 전혀 신경 쓰지 않았기 때문이었다. 손님들의 불평을 듣고 아들은 와락 겁이 났다. 음식 맛이 나쁘다고 소문이 나면 그 날로 그 집은 망하고 마는 것이다. 계산이 빠른 아들은 누구보다도 그것을 잘 알았다. 아들은 재빨리 손님들에게 외쳤다.

"죄송합니다, 여러분. 사실 이 음식들은 다 제가 한 것입니다. 아버님이 편찮으시거든요. 맛이 없으면 돈을 받지 않겠습니다. 그냥 잡숫고 가십시오."

아들의 말을 듣고 어떤 사람들은 음식을 먹다가 말고 자리를 털고 일어섰다. 밖에서 기다리던 사람들도 하나 둘 흩어졌다. 아들은 풀이 팍 죽었다. 점심 때가 다 지나기도 전에 아들은 음식점 문을 닫고 말았다. 문을 닫아 거는 아들을 이광정 할아버지가 조용히 불렀다.

"오늘부터 국물 맛 내는 걸 배워라."

"······."

아들은 대답 없이 고개만 숙이고 있었다. 이광정 할아버지는 한껏 부드럽게 말했다.

"언제까지 내가 살아 있을지 모르겠다. 내가 죽으면 음식점은 네가 맡아야겠지. 국물 맛 내기, 김치 담그기는 하루 아침에 되지 않는다. 음식은 손맛이라고 하는데, 맞는 말이다. 음식 재료를 섞는 손이 느낌을 가져야 한다. 머리로 생각하고 요리조리 계산해서 만드는 음식은 깊은 맛이 없다. 깊은 맛을 내려면 오랜 세월 쉬지 않고 음식을 만져야 한단다. 오늘부터 넌 손맛을 만들어 가는 공부를 시작하는 거다. 물론 쉬운 일이 아니다. 할 수 있겠니?"

"······."

"일요일에는 문을 닫고 그 공부를 하자. 너는 음식을 만들고 나는 맛을 보고. 하나하나 익혀 나가도록 하자."

"그럼, 일요일 말고 다른 날 문을 닫지요. 일요일 하루에 버는 돈이 일 주일 내내 버는 것보다 많은데……."

"돈 버는 것만 생각하면 음식 맛이 나질 않는다. 좋은 음식을 손님들에게 대접한다는 생각만 해라. 그러면 돈은 저절로 찾아오는 법이다."

아들은 답답하다는 듯 얼굴을 찡그렸다.

"다른 날 해도 될 텐데. 굳이 일요일에 해야 돼요?"

"어허, 도대체 말귀를 못 알아듣는구나."

"아버지, 지금 말귀가 문젭니까? 제 꿈은 어떡하라구요. 제 꿈 말이에요!"

아들이 소리 높여 대들자 이광정 할아버지가 눈을 둥그렇게 떴다.

"꿈이라니?"

"저는 이 구질구질한 음식점, 계속하고 싶지 않아요."

"구질구질?"

이광정 할아버지의 입이 떡 벌어졌다. 아들은 계속 소리 높여 불만을 쏟아 냈다.

"돈 많이 벌어서, 저도 하고 싶은 게 있다구요. 마침 장사가 잘 돼서 희망이 넘쳤는데, 아버지가 모두 망가뜨렸어요."

아들은 할 말을 다 했다는 듯 밖으로 핑 나가 버렸다. 혼자 남은 이광정 할아버지는 가늘게 한숨을 내쉬었다. 할아버지는 아들의 마음이 콩밭에 가 있다는 걸 알았다. 염불에는 관심이 없고 오로지 젯밥만 노리는 아들의 태도는 이광정 할아버지의 가슴을 도려 내는 듯했다.

아니나 다를까, 아들은 아버지의 간곡한 부탁을 헌신짝 버리듯 버렸다. 음식 공부를 하자는 일요일마다 아들은 밖으로 나돌았다. 뭘 하러 다니는지 알 수 없었지만 밤늦게 술이 곤드레만드레가 되어서 들어오곤 했다.

이광정 할아버지는 마침내 말을 하기로 마음먹었다. 가슴 속 깊숙이 숨겨 두었던 말을 하는 것이 점점 삐뚤어져 가는 아들의 태도를 바로잡을 수 있는 마지막 방법이라고 생각했기 때문이었다.

어느 일요일, 할아버지는 밖으로 나가려는 아들을 잡아 앉혔다.

"내가 일요일마다 문을 닫는 진짜 이유를 말해 주마."

아들은 눈을 빛내며 아버지를 쳐다보았다.

"내가 애당초 한두 그릇씩 막국수를 팔기 시작할 때는 이렇게 많은 돈을 벌려고 한 게 아니었다. 어찌어찌 소문이 나고 지금처럼 커다란 막국수 마을이 만들어지고 말았지만 말이다. 큰돈을 벌려고 뒤늦게 막국수집을 낸 사람들의 장사가 기대만 못하다는 것을 알고 있다. 다른 막국수집들이 손님들이 없어서 쩔쩔매는데 우리 집만 손님이 넘치는 것은 그리 좋은 모습이 아니다. 그래서 나는 생각했다. 내가 하루쯤 문을 닫으면 손님들이 다른 집들을 찾아갈 거라고. 그게 함께 살아 가는 도리라고. 내 생각이 잘못됐니?"

아들은 아버지의 얼굴을 쳐다보았다. 이광정 할아버지의 목소리는 부드러웠지만 얼굴에는 굳은 다짐이 어려 있었다. 아들은 아버지의 표정에서 함부로 대할 수 없는 기운을 느꼈다.

"내 생각이 잘못됐니?"

이광정 할아버지가 다시 묻자 아들은 머뭇거리다가 말했다.

"잘못은 아니지만……."

우물쭈물하는 아들은 뭔가 생각하는 눈치였다. 불만이 말끔히 가신 얼굴은 아니었다. 하지만 그 뒤로는 아들이 전처럼 밖으로만 나돌거나, 술에 취해 밤늦게 들어오는 일은 없었다. 아들은 아버지의 뜻을 잘 받드는 것처럼 보였다.

칠 년 뒤, 이광정 할아버지는 세상을 떠났다. 이광정 할아버지의 장례를 치르고 나서 이광정 막국수집 간판 밑에는 다음과 같은 글귀가 나붙었다.

연중무휴

일 년 내내 쉬지 않습니다.

할머니와 벽오동

"벽오동나무를 옮겨 오자."

동이 엄마가 말했습니다. 뜰에 2년생 살구나무 두 그루를 막 심고 나서입니다.

"그 큰 걸?"

동이 아빠가 삽을 짚고 서서 대답했습니다.

"뿌리를 꽁꽁 묶어서 싣고 오면 되지. 더 큰 나무도 잘만 옮기던데 뭘."

"뿌리 내리고 잘 사는 놈을 옮겨도 될까?"

그 때 동이가 끼어들었습니다.

"엄마, 내 나무?"

"그래, 동이 나무지. 호호호."

동이가 여덟 살이니까 나무는 열 살입니다. 동이가 태어난 것을 기념하여 심은 2년생 벽오동이 벌써 크게 자랐습니다. 지금은 시골로 이사를 왔지만 동이네는 석 달 전까지만 해도 서울에서 살았습니다. 그래서 시골 할머니 집 앞마당에 벽오동을 심은 것입니다. 지금 동이네가 터를 잡은 동네와 할머니 혼자 살고 계신 동네는 5백 리가 넘게 떨어져 있습니다.

"내 나무 갖고 오자, 아빠."

동이가 엄마를 돕고 나섭니다. 아빠는 동이에게 대답하는 대신에 엄마를 바라보면서,

"어머니가 섭섭해하지 않으실까?"

하고 진지한 얼굴로 말했습니다. 그러자 동이 엄마도 뭔가 생각하는 듯 선뜻 말을 꺼내지 않고 잠시 가만히 있습니다. 이윽고 동이 엄마가 조심스러운 목소리로 말했습니다.

"어머니는 동이 나무를 싫어하셨잖아요. 왜 하필 텃밭 한가운데 심었냐구. 나무 때문에 곡식이 잘 안 된다구. 구박이 심하셨으니, 옮겨 가겠다고 하면 오히려 좋아하실 것 같은데……."

사실 그랬습니다. 할머니는 오동나무가 그늘을 드리워서 고추 농사도 깨 농사도 잘되지 않는다고 말했습니다. 동이네가

시골에 찾아가면 일부러 나무 밑을 보여 주면서,

"그늘이 얼매나 많은지 모린다. 콱, 치와 뿌라 고마."

하고 소리를 지르곤 하셨습니다. 그럴 때마다 동이 엄마는 섭섭하다는 얼굴을 했습니다. 동이 아빠는 허허 웃으면서,

"어머니 그게, 동이 태어난 거 기념해서 심은 거예요. 옛날부터 딸 낳으면 벽오동을 심는다고 하잖아요. 잘 좀 봐 줘요."

하고 아양을 섞어서 말했습니다. 그러면 할머니는 퉁명스럽게,

"기념은 무신……. 꼭 글타면 뒤꼍에 심든가. 텃밭 한가운데 떡하니 심가서 곡석이 안 되잖나."

하고 대답하셨습니다.

"그럴까? 어머니가 얼른 파 가라고 하실까?"

동이 아빠도 동이 엄마의 주장에 마음이 흔들렸습니다.

"틀림없어요. 어머니는 잘됐다고 하실 거예요."

동이 엄마가 자신 있는 목소리로 말했습니다.

"그래……. 그럼 어머니 생신 때 가면 얘기해 보자구."

엄마 아빠의 얘기를 가만히 듣고 있던 동이가 팔짝팔짝 뛰며 좋아했습니다.

"아빠, 이제 내 나무 갖고 오는 거야?"

동이의 물음에 아빠는 그냥 웃기만 했고, 엄마가 동이를 끌어안아 주면서 대답했습니다.

"그래, 갖고 오는 거야."

할머니 생신날, 가족들이 다 모였습니다. 서울·대전·전주, 뿔뿔이 흩어져 살던 형제들이 다 모였습니다. 대전에 사는 손녀 둘은 오지 않았습니다.

"친구들하고 중요한 약속이 있다고……."

동이 큰엄마가 말끝을 흐리며 변명하듯 말했습니다. 하지만 할머니는 알고 있었습니다.

"불편한 거라. 시골 오면 벤소 가기도 괴롭고 하이."

하시면서 섭섭한 표정을 지었습니다.

저녁을 먹고 나서 과일을 깎아 먹으며 가족들이 빙 둘러앉았습니다. 시골로 이사 간 동이네가 단연 화젯거리였습니다.

"서울로 못 가서들 난린데, 뭐 한다꼬 시골로 오나 그래."

할머니가 말씀하시자,

"서울은 사람 살 곳이 못 돼요. 형님이 잘 생각한 거야."

서울에 살고 있는 동이 막내 삼촌이 말합니다. 시골로 간 게 잘한 일이다, 못한 일이다, 이런 얘기들이 한참 오가다가 얘기가 끊어졌을 때, 대전에 사는 동이 큰아버지가 말했습니다.

"어머니, 이젠 우리 집으로 가십시다."

동이 할아버지가 돌아가신 뒤에 가족이 모이면 동이 큰아버지가 늘 하는 말입니다.

"아버지 돌아가신 지 벌써 오 년이에요. 어머니가 더 농사를 짓는다는 건 무리예요. 게다가 아픈 다리를 끌고 다니시면서. 동네에 들어올 때마다 뒤꼭지가 화끈거려요. 불효 자식이라고 사람들이 욕하는 것 같구."

"아, 뉘가 욕을 혀?"

"그런 것 같다는 거지요."

"그래요, 엄마. 이제 아들네로 가요. 밥도 제대로 안 해 잡숫고. 맨날 국수만 끓여 드시니, 그래 갖고 되겠어요?"

동이 큰 고모가 말했고,

"이제 가을걷이도 끝났으니 엄마, 큰오빠네로 가요."

동이 작은 고모도 할머니를 설득합니다.

"나는 여기가 편타. 혼자 있는 게 맴이 편해. 내가 꿈쩍거릴 수 있을 때까진 여기 있을 테여. 니들 아부지 산소도 여기 있고. 니들 아부지가 지은 이 집이…… 내가 가 뿌면, 다 무너질 꺼 아이가. 아직 괜찮다 카이."

128

할머니는 웃음을 머금은 채 말했습니다.

"에이, 엄마 고집도 참."

큰 고모가 고개를 흔들었고, 다들 더 말이 없었습니다.

묵묵히 과일을 먹는데, 동이 엄마가 말을 꺼냈습니다.

"저, 어머니…… 마당에 심어 놓은 벽오동을 옮겨 갔으면 하는데요……."

"아, 동이 나무?"

작은 고모가 얼른 알은체를 했고,

"그래, 그래도 되겠다. 이제 동이네도 뜰이 넓으니까 옮겨도 되겠네."

큰 고모가 맞장구를 쳤습니다.

다른 사람들은 뭐 이렇다 저렇다 말이 없습니다. 나무를 옮기든 말든 관심이 없다는 표정이었습니다. 동이 엄마는 할머니가 무슨 말을 하실까, 할머니만 바라보았습니다. 선뜻 "그래라!" 하실 줄 알았는데 할머니는 아무 말이 없습니다. 할머니는 대답 없이 일어나시더니 밖으로 나가셨습니다. 그러더니 묵혀 둔 곶감이며, 벌레 먹은 사과와 배를 한아름 안고 오셨습니다.

"내가 농사를 제대로 못 지이니까네, 뭐 입다심할 게 없다."

하시면서 쟁반에 내려놓았습니다.

　과일을 몇 조각 더 먹은 뒤에, 동이 엄마가 또 말했습니다.

　"오동나무를 옮겨 갔으면 하는데……."

　그러자 할머니가 바로 대답했습니다.

　"아, 그래라. 누가 말리나? 그늘만 맹글고, 진즉에 베어 뿌리고 싶었제. 누가 옮겨 가지 말라 카나? 자꾸 묻게. 고만 묻고 니들 맴대로 하그라."

　귀찮다는 듯한 말투였습니다. 동이 엄마가 머쓱한 얼굴로 물러앉자, 동이 아빠가 눈을 찡긋해 보였습니다.

　다음 날, 집으로 돌아오는 차 안입니다. 동이는 차에 타자마자 곯아떨어졌습니다. 동이 엄마와 동이 아빠가 이야기를 나눕니다.

　　"얼른 갖고 와야겠어요. 더 추워지기 전에 옮겨 심어야지. 잎이 다 떨어졌으니 옮기기 쉽겠어요."

　　"글쎄, 어머니가 조금……."

　　"조금 뭐요?"

　　"어젯밤에, 좀 섭섭해하시는 것도 같고……."

　　"에이, 어머닌 그 오동나무 안 좋아하시잖아요. 어

제 봐요. 또 '베어 뿌린다' 하시잖아요. 어머니가 진짜로 베시기 전에 옮겨야지."

"이 사람이……. 말이 그렇지 어머니가 참말로 나무를 벨 것 같아?"

"알아요. 나도 농담이지. 우리 뜰에 옮겨 심고 싶다는 말이지, 뭐."

"나도 그러고 싶긴 하지……."

"그럼 질질 끌지 말고 바로 옮깁시다. 트럭 몰고 가서 파 오면 되지 뭐."

"그럴까……?"

동이 엄마와 아빠는 일 주일 뒤 주말에 벽오동나무를 옮겨 오기로 하였습니다.

토요일이 되었습니다. 동이 엄마와 아빠, 동이는 트럭을 타고 할머니네로 갔습니다. 점심 먹고 출발했는데 해가 넘어가고 어두워져서야 할머니 댁에 도착했습니다. 할머니는 바깥 처마에 매달린 전등을 환하게 켜 놓고 계셨습니다. 전기를 아낀다고 밤에도 텔레비전만 켜시는 할머니가 크게 인심을 쓰신 것입니다.

차 소리가 나자 할머니가 방에서 나왔습니다. 기우뚱 기우뚱 불편한 다리를 끌며,

"동이, 이제 오나?"

하고 수줍게 웃으며 봉당으로 내려서십니다.

구수한 된장찌개에 밥을 배불리 먹고 나서, 동이 아빠가 말했습니다.

"내일 아침 일찍, 나무 옮기는 사람이 올 거예요."

"······."

할머니는 대답이 없습니다. 동이 엄마가 할머니의 표정을 살피며 조심스럽게 말합니다.

"나무 밑은 고추도 잘 안 되고…… 무를 심어도 굵지 않으니…… 애초에 나무를 텃밭에 심는 게 아니었어요."

"그야 그렇지만, 오데 내가 질내 농사를 질란동……."

할머니가 무표정한 얼굴로 대답하더니 엎드려서 텔레비전을 보는 동이를 내려다보며,

"니도 좋나? 낭구를 니 집으로 갖고 가는 기?"

하고 물었습니다.

"할머니, 뭐?"

동이가 못 알아듣고 되물었습니다.

"저 마당에 있는 오동낭구 말이다. 널 기념해서 심었다 카는 거."

할머니가 다시 말해 주자 동이는 대뜸 대답했습니다.

"아, 벽오동나무? 그러엄, 좋지. 내 나문데."

동이는 다시 텔레비전을 보기 시작했고 할머니는 혼잣말 하듯이,

"글라? 니도 좋나? 그렇겠제."

하고는 쓸쓸한 얼굴을 하였습니다. 아무래도 할머니 기분이 안 좋아 보였습니다. 동이 아빠는 할머니 얼굴을 가만히 바라보다가 말했습니다.

"어머니, 저 나무 그냥 둘까요? 섭섭하신 것 같은데."

"섭섭하긴, 무신. 동이가 크는 데 가서 같이 크면 더 좋지. 파 가거라. 파 가면 농사도 잘되고 더 낫지."

그 때부터 나무 얘기는 안 하고 딴 얘기만 하다가 모두 잠이 들었습니다. 잎을 다 떨군 오동나무 혼자 꼿꼿이 서서 마당을 지키고 있습니다. 동이 할아버지가 지은 집보다 키가 더 큽니다. 반달이 지나가다가 벽오동 가지에서 잠시 쉬어 갔습니다.

다음 날 새벽입니다. 희뿌옇게 날이 밝아 올 무렵, 사람이

왔습니다. 나무 옮기는 사람입니다. 커다란 트럭에 포클레인을 싣고 왔습니다. 할머니는 벌써 밖에 나가서 포클레인 기사 아저씨가 하는 일을 지켜보고 있습니다. 아저씨는 포클레인을 내려놓고, 새끼줄과 삽을 꺼내며 나무 캘 준비를 착착 하고 있습니다. 할머니는 어정쩡하게 서서 지켜보고 있습니다. 그런데 화가 난 듯 얼굴을 찡그리고 있습니다.

동이 아빠가 나오고 뒤이어 동이 엄마가 나오고, 그긍그긍 하는 포클레인 소리에 동이도 눈을 비비며 밖으로 나왔습니다.

"빨리도 오셨네요."

동이 아빠가 웃으며 말하자 포클레인 기사 아저씨는,

"네, 빨리 해치워야지요."

하고 대답했습니다. 그러자 할머니가 말했습니다.

"해치우다이? 뭔 말이 그리 험하오."

"허허. 험해요? 할머니가 섭섭하신가 봐, 나무 캐는 게. 말꼬투리 잡고 시비하시는 걸 보니."

아저씨가 동이 아빠를 보고 웃더니 포클레인에 올라타 시동을 걸었습니다. 포클레인의 커다란 집게가 오동나무 옆에 턱하니 꽂혔습니다. 그걸 본 할머니가 그 앞으로 나섰습니다.

"할머니! 비키세요. 위험해요."

기사 아저씨가 소리를 지르고,

"아이구, 어머니. 얼른 나오세요. 다리도 불편하신 분이……."

동이 아빠와 엄마도 한꺼번에 소리를 질렀습니다. 하지만 할머니는 꿈쩍도 하지 않고 나무 옆에 서서 말했습니다.

"이걸로 무지막지하게 나무를 캘 티여? 에구 무시라. 나무를 아주 잡을라 카능구마."

"뭐라구요, 할머니?"

아저씨가 소리를 지르자 할머니는 할머니대로 소리를 질렀습니다.

"아, 그걸로 나무를 캐먼 나무가 온전할 성싶으냐구……."

이윽고 아저씨가 포클레인 엔진을 껐습니다. 시끄러워서 할머니 말을 알아들을 수 없었기 때문이지요.

"할머니, 왜 그러세요?"

아저씨가 약간 짜증난 얼굴로 물었습니다.

"나무 뿌리를 다 잘라 뿌면 우옐라꼬. 그걸로 팍팍 찔르면 나무 뿌리가 다 잘릴 꺼구마."

할머니는 벽오동을 안쓰러운 얼굴로 바라보며 말했습니다.

"할머니, 나무 옮길 때는 뿌리를 잘라야 살아요. 아, 빨리 비키세요. 일하게."

기사 아저씨는 말을 하면서 동이 아빠를 바라보았습니다. 얼른 할머니를 비켜나게 하라는 눈짓을 하면서 말입니다. 동이 아빠가 할머니에게 다가가 팔을 잡았습니다.

"어머니, 위험해요. 이쪽으로 나오세요."

그러나 할머니는 끄떡도 안 하고 서서 말했습니다.

"낭구를 옮기먼 죽을지도 몰라. 옮기다 죽으먼 우옐래."

"……."

"난 이 집에 살란다. 니들은 날 자꾸 델꼬 가지 못해 안달이지만, 다 가 뿌먼 우예노. 니 아부지는 우예노."

"……."

"내가 그래도 저 낭구 밑에는 거름을 해도 낫게 했다."

"어머니, 알았어요."

동이 아빠는 할머니 팔을 놓고 포클레인 기사 아저씨에게 가서 말했습니다.

"미안합니다. 나무를 캐지 않겠어요."

"왜 갑자기?"

아저씨가 궁금한 얼굴로 동이 아빠와 할머니를 번갈아 보았습니다.

　"미안합니다. 오늘 일한 값은 다 쳐 드리지요."

　"뭐, 일한 값을 주시면 상관 없지만……."

　아저씨는 포클레인을 다시 트럭에 싣고, 새끼줄도 싣고, 삽도 싣고 떠났습니다. 시끄럽던 마당이 고요해졌습니다. 오랫동안 서 있어서 허리가 아프다며 할머니는 봉당에 앉았습니다. 동이 아빠도 할머니 옆에 가서 앉았습니다. 동이 엄마와 동이는 오동나무 줄기를 만지며 서 있습니다.

　할머니가 작은 목소리로 말했습니다.

　　　　　"나는 혹시래도 저 낭구가 죽으면 우예노 싶어서……."

　　　　　"어머니, 진작 말씀하시지요. 나무를 보내기 싫다고……."

　　　　동이 아빠가 웃으면서 할머니 손을 잡았습니다. 할머니는 슬며시 웃으며 손을 뺐습니다.

　　　　　"왜 그랬는동 모리겠다. 어짓밤에는 잠도 안 오드라.

낭구가 그늘을 지아서

밑더니 미운정이 들어 뿟나 보다."

　"미운정은요. 어머니, 죄송해요. 자식들은 다 부모 등골만

빼먹다가 좀 크면 다들 떠나고……. 어머니가 저 나무를 그렇

게 의지하고 계신 줄을 몰랐어요……. 죄송해요, 어머니."

　동이 아빠가 두 손으로 할머니 손을 다시 꼭 잡았습니다. 그

러자 할머니는 퉁명스럽게 말했습니다.

"야가, 남세스럽게. 손 놔라 고마. 글고 죄송키는 뭐가 죄송나. 내가 괜한 짓을 했나 보다. 파 가게 놔둘걸. 내가 살면 얼매나 산다꼬."

그 때 동이가 소리쳤습니다.

"아빠. 이 나무 안 갖고 갈 거야?"

"그래. 나무는 자기가 살던 데서 살아야 잘 큰대. 우리가 여기 자주 와서 돌봐 주면 돼."

"응. 알았어, 아빠."

해가 동쪽 작은 산을 넘어서 둥 떠올라 마당에 가득 빛을 채웠습니다. 빛을 받아 붉게 물든 할머니의 얼굴 가득 웃음이 맴돌았습니다.

맨발 철규

낮이 길어졌지만 해질녘이면 아직 쌀쌀한, 이른 봄이다. 나는 집에 가려고 밖으로 나갔다. 미뤄 두었던 일을 하느라 퇴근이 늦어졌다. 선생님들도, 아이들도 다 가 버린 학교는 쥐 죽은 듯 고요하다. 밖에 나오면서 무심코 운동장 쪽을 바라보다가 나는 걸음을 멈췄다. 한 녀석이 운동장을 달리고 있었던 것이다. 저녁 햇살을 받으며 긴 그림자를 드리운 채 달리는 아이가 5학년 철규란 걸 나는 알아보았다. 철규는 빠르지도 않고 느리지도 않은 속도로 달리고 있었다. 조용한 운동장에서 혼자 달리고 있는 철규의 모습은 한 폭의 아름다운 풍경화처럼 보였다. 나는 미소를 지으며 지켜보았다. 녀석이 점점 나와 가까운

쪽으로 뛰어왔다. 어? 그런데, 녀석은 맨발이다. 운동화는 물
론 양말도 신지 않은 채 바알간 맨발로 뛰고 있었다. 녀석이 달
리는 걸 방해할 생각은 전혀 없었지만, 녀석의 맨발을 보자 말
을 걸고 싶어졌다. 나는 운동장으로 내려가 철규 옆으로 다가
갔다.

"얘, 너 발 시렵지 않니?"

내가 말을 걸자 녀석은 멈춰 섰다.

"어? 6학년 선생님이네. 안녕하세요?"

녀석은 내 물음엔 대답도 않고 제가 하고 싶은 말을 했다.
나는 같은 말을 또 물었다.

"너 발 시렵지 않니?"

"아뇨."

철규의 대답은 아주 간단했다. 나는 더 물어볼 말이 없었다.

"안 시려워? 그럼 계속 뛰어라."

나는 그렇게 말하고는 돌아섰다. 그러자 녀석은,

"안녕히 가세요!"

하고 씩씩하게 외치고는 다시 햇살 속으로 뛰어갔다.

교문으로 난 길을 걸어 나오면서, 나는 흐뭇하게 웃었다. 도시 생활 20년을 버리고 시골에 오기를 잘했다는 생각이 들었다. 전교생이 예순 명밖에 안 되는 작은 학교에서 나는 3월 한 달 동안에 아이들 얼굴을 거의 다 익혔다. 철규도 내가 맡은 아이는 아니지만, 오며 가며 많이 보아서 얼굴과 이름을 알고 있었다. 도시에서는 맨발로 운동장을 뛰는 녀석을 한 번도 본 적이 없었다. 이 곳 시골에선 아이들도 자연과 함께 순수하게 살아 간다고 생각하니 흐뭇해졌다.

하지만 다음 날, 철규네 담임 선생님 말을 들었을 때, 내 생각이 나만의 공상이라는 것을 깨달았다.

"에그, 골치 아파요. 안이고 밖이고 날마다 맨발로 돌아다니니……. 말도 안 들어요. 녀석의 발을 한번 보세요. 흉터투성이라니까요."

난 솔직히 놀랐다. 그리고 가만히 생각해 보니, 정말 맨발로 다니는 아이들은 없었다. 다들 실내화를 꼭꼭 챙겨서 신고 다닌다. '자연과 함께 사는 시골 아이들'이란 생각은 나만의 착각이었던 것이다. 나는 궁금해서 물어보았다.

"근데 녀석은 왜 맨발로 다닌데요?"

"없대요. 양말도 없고, 실내화도 없대요. 뭐 양말 살 돈도 없고, 실내화 살 돈도 없다나요?"

"에이, 요새 양말이나 실내화도 못 살 만큼 가난한 집이 어디 있다고……."

내가 말도 안 된다고 피식 웃으며 말하자, 철규네 선생님도 같이 웃으며 말했다.

"맞아요. 녀석 핑계라니까요. 집이 가난하긴 해요. 할머니하고 단둘이 살거든요. 그래서 내가 지난 번에 양말이랑 실내화도 사 주었어요. 사 주니까 한 며칠 신고 다니더니, 또 맨발로 다녀요."

'호오, 왜 그럴까?'

나는 점점 더 궁금해졌다. 그래서 또 물어보았다.

"다른 까닭이 있지 않을까요? 가난하다는 것 말고……."

"글쎄요……."

철규네 선생님도 아직 그 까닭을 모르는 모양이었다. 나는 그 때부터 철규에게 관심을 갖고 녀석을 유심히 보게 되었다. 참 이상한 일이었다. 녀석은 3월 한 달을 맨발로 다녔을 텐데, 나는 왜 몰랐을까? 복도에서 그렇게 여러 번 마주쳤으면서도 말이다. 새로운 사실을 알게 되는 일은 우연히 일어나는 사건과도 같다. 관심을 갖자 녀석은 자주 내 앞에 나타났다. 복도에서도 더 자주 만나고 운동장에서 혼자 달리는 것도 더 자주 눈에 띄었다. 그리고 그 때마다 녀석은 늘 맨발이었다.

철규네 선생님은 철규와 지루한 실랑이를 하는 모양이었다. 깔끔한 처녀인 선생님은 철규를 참고 보지 못했다. 내가 이런 말을 했을 때 단번에 반박하는 걸 보면 알 만하다.

"그냥 두세요. 맨발로 흙을 밟고 다니면 건강에 좋다는데. 시골 아이답잖아요."

"아이구, 선생님 그런 말씀 마세요. 철규가 선생님 반 아이라면 그런 말씀 못 하실걸요? 발에 시커멓게 흙을 묻히고 교실에 들어오는 꼴을 어떻게 그냥 두고 봐요? 더구나 교장 선생님에게 혼나기까지 했는걸요."

"에그, 교장 선생님도 뭐 그런 걸 가지고 혼내시나. 맨발로 다녀도 괜찮을 것 같은데, 자기만 좋다면야……."

"그렇지 않아요. 큰일나겠다니까요? 지난 번엔 유리 조각에 발바닥을 긁혀서는, 피를 철철 흘리기까지 하고. 그 때 놀란 걸 생각하면……."

나도 그 말에는 놀랐다.

"피를 흘려요? 그건 문제네요."

"그런데, 기가 막힌 건……."

철규네 선생님이 어이없어하는 얼굴로 말했다.

"피가 나는데도 녀석은 조금도 걱정하는 얼굴이 아니란 거예요. 발에 흉터도 그렇고…… 한두 번 피가 난 게 아닌 눈치였어요. 괜히 나만 호들갑을 떨었다니까요."

"호……."

"어쨌든 녀석에게 양말도 신기고 실내화도 신겨야 할 텐데…… 말을 안 들어서, 어휴."

철규네 선생님이 한숨을 내쉬었다. 그 때 나는 그만 실수를 하고 말았다. 철규네 선생님에게 약속을 해 버린 것이다. 철규가 양말도 신고, 실내화도 신게 해 보겠다고 말이다. 아마 괜한 장난기가 발동했던 게 틀림없다. 철규네 선생님은 아주 반가운 얼굴로 말했다.

"정말요? 정말이죠? 선생님은 남자 선생님이니까 무섭게 혼내면 들을지도 모르죠. 녀석이 내 말은 아주 우습게 안다니까요."

"······."

"선생님, 약속하셨어요. 약속하셨으니까 믿을게요."

나는 그만 덤터기를 쓴 꼴이 되었다. 후회를 해 봤자 쏟아진 물이다. 나는 어물쩍 그러마 하고 대답해 버렸다. 속으로는 '맨발로 다니면 좋지 뭐.' 하는 생각이 조금도 바뀌지 않았는데 말이다.

할 수 없이 나는 철규와 친해지려고 노력했다. 친해져서 맨발로 다니는 까닭을 캐 낼 생각이었다. 까닭을 알아야 양말도, 실내화도 신자고 할 게 아닌가. 나는 속셈을 숨기고 우선, 녀석이 운동장을 달릴 때 같이 달리기로 했다. 녀석은 일 주일에 한 번은 꼭 운동장을 달리는 것 같았다. 나는 먹이를 노리는 사자처럼 녀석이 운동장을 달리기만을 기다렸다.

기다리던 때가 왔다. 봄이 깊어 진달래가 학교 뒷동산을 환하게 만들 무렵이었다. 퇴근 시간이 되어 갈 무렵 철규가 운동장에 나타난 것이다.

나도 신발과 양말을 벗고 철규처럼 맨발로 운동장으로 뛰어

나갔다. 내가 갑자기 뛰어들자 녀석이 힐끗 보더니 말했다.

"어? 선생님, 웬일이세요?"

"웬일은 임마. 나도 달리기 하려고 그러지."

"……."

녀석은 대답 없이 나를 훑어보았다. 녀석은 내가 맨발인 걸 금방 알아차렸다.

"어? 선생님도 맨발이네! 선생님도 맨발로 달리기 하세요?"

"그럼. 나도 맨발로 잘 뛴다."

한 바퀴를 돌았다. 발이 조금씩 아파 온다. 부드러운 흙을 골라서 디뎠다. 두 바퀴를 돌았다. 숨이 찬다. 녀석은 숨도 차지 않는지, 내쉬는 숨이 고르다. 내가 물었다.

"애, 너는 발 안 아프니?"

"발이 왜 아파요. 시원하기만 한데."

"오, 그러냐. 근데 너 몇 바퀴나 뛸 생각이냐?"

"기본이 다섯 바퀴예요."

'어이구…….'

나는 속으로 한숨을 쉬었다. 나는 헉헉거리며 녀석을 따라 뛰었다. 가끔씩 녀석이 나를 돌아보며 말했다.

"힘들면 그만 뛰세요."

"웃기지 마라. 헉헉…… 내가 다섯 바퀴도 못 뛸 줄 아니? 헉
헉……."

"헤헤."

녀석이 웃으며 속도를 낸다. 다섯 바퀴를 뛰고 나서, 나는
더 이상 참지 못하고 녀석을 잡았다.

"얘, 철규야. 고만 뛰자."

"에이, 몇 바퀴 더 뛰고 싶은데."

말은 그렇게 했지만 녀석도 멈춰 섰다.

"좀 앉아서 쉬자."

나는 철봉 밑에 놓인 평균대에 걸터앉았다. 녀석도 내 옆에
와서 앉았다. 땀이 등줄기를 타고 내렸다. 녀석을 보니 이마에
땀이 송골송골 맺혔다. 자세히 보니 녀석은 세모꼴로 생긴 머
리에 머리털은 밤송이같이 뻣뻣하다. 내가 녀석의 머리를 휙
쓰다듬었다. 손에 땀이 축축하게 묻어났다.

"야, 너 참 잘 뛴다?"

"헤……."

칭찬을 해 주자 녀석은 입을 헤 벌리며 좋아했다. 숨을 좀
고르고 나서 내가 말했다.

"철규야. 우리 아이스크림 먹을래?"

"선생님이 사 주실 거예요?"

"그럼. 대신 네가 사 와라."

"돈 주세요."

녀석이 손을 내밀었다. 내가 천 원짜리를 한 장 쥐어 주었다. 녀석은 재빨리 교문 밖으로 뛰어나갔다.

아이스크림을 먹으면서 내가 물었다.

"넌 왜 그렇게 달리냐?"

"답답해서요."

"답답해서?"

"네."

대답이 뜻밖이었다. 답답하다니. 나는 철규 얼굴을 다시 보았다. 쓸쓸해 보였다. 할머니와 단둘이 산다던 철규네 선생님의 말이 생각났다. 쓸쓸한 얼굴로 답답하다고 말하는 철규의 마음을 나는 대충 넘겨짚었다. 그래서 이렇게 물었다.

"할머니하고 둘이 사니까 힘들지?"

사실은, 아버지 어머니는 어떻게 되었는지 묻고 싶었지만 그렇게는 못 했다. 나는 아주 따뜻한 얼굴로 아주 부드럽게, 그리고 몹시 조심스럽게 물었는데, 철규는 아무것도 아니라는 듯 시원스럽게 대답했다.

"힘 안 들어요. 좋아요."

"그래?"

나는 순간 할 말을 찾지 못했다. 내가 잠시 침묵을 지키는 동안 철규는 아이스크림을 다 먹었다. 아이스크림을 다 먹자, 녀석은 벌떡 일어서더니,

"선생님 집에 안 가세요?"

하고 물었다.

"가야지."

하고 대답하면서 나도 일어섰다. 철규는 집으로 가고 나는 교실로 돌아왔다. '답답해서요'라는 철규의 말이 머릿속에서 맴돌았다.

다음 날, 학교에서 만난 철규네 선생님은,

"철규는 전혀 변화가 없네요?"

하고 웃었다. 나도 웃으면서,

"작전 중이니까, 기다려 주세요."

하고 대답하였다.

그 뒤로 나는 철규가 운동장을 뛸 때마다 같이 뛰었다. 나는 철규에게 동지감을 느끼게 되었고, 철규도 내가 같이 뛰는 걸 싫어하지 않았다. 철규에게 아이스크림 사 준 것이 알려져서

나는 우리 반 아이들의 항의를 받고 모두에게 아이스크림을 사
주기도 했다. 철규 덕분에 이제 나는 운동장을 다섯 바퀴 돌아
도 크게 숨이 차지 않았다. 네 번짼가 다섯 번짼가 함께 달리기
를 하고 나서였다. 역시 땀을 식히면서 아이스크림을 먹을 때,
나는 농담하듯 말했다.

"철규야, 너 내가 양말하고 실내화 사 주면 신고 다닐래?"

나의 뜬금 없는 질문에 철규는 내 얼굴을 빤히 바라보았다.

"저 양말 많아요. 실내화도 있어요."

“거짓말. 너희 선생님께 없어서 못 신는다고 그랬다며?”

“신기 싫어서 그랬어요. 옆집 아줌마가 준 것도 있고, 우리 선생님이 준 것도 있고, 아버지가 사다 준 것도 많은데…….”

‘아버지?’

나는 새로운 사실에 긴장했다. 나는 얼른 되물었다.

“아버지가 계시니?”

“예.”

“근데…… 왜 할머니하고만 사니?”

“아버지는 새엄마랑 사시니까요.”

나는 속으로 ‘아! 그랬구나’ 했다. 나도 그만 마음이 쓸쓸해져서 철규의 손을 잡으며 말했다.

“아버지랑 새엄마랑 살고 싶지 않아?”

“예. 근데 새엄마가 낳은 아기는 예뻐요.”

“왜 같이 살기 싫으니?”

“할머니가 싫다고 해서요. 나는 할머니가 더 좋거든요. 그리고 나도 별로예요. 방학 때 일 주일 가서 살아 봤는데, 답답해요.”

“답답해?”

“예.”

"뭐가?"

철규가 곧 대답을 하지 않는다. 뭔가 생각하는 눈치다. 나는 조금 기다리다가 다시 물었다.

"뭐가 답답한데?"

"……몰라요. 그냥 답답해요."

철규가 재미 없다는 표정을 지었다. 나는 자꾸 묻는 게 미안해졌다. 그래서 말없이 아이스크림을 한참 빨다가 불쑥 말했다.

"철규야. 너 나하고 내기할래?"

"내기요?"

철규가 호기심 어린 얼굴로 나를 바라보았다.

"내가, 너희 선생님하고 약속을 했다. 너 양말도 신기고 실내화도 신기겠다고 말이야. 운동장을 다섯 바퀴 달려서, 내가 이기면 너 양말도 신고 실내화도 신는 거야. 달리기는 네가 유리하잖아. 어때?"

"싫어요. 그런 내기를 내가 왜 해요!"

철규가 단호하게 고개를 흔들었다. 나는 무안했다.

"어른들은 왜 자꾸 신으라고만 하는지 몰라. 난 싫은데……내 마음도 모르고……."

철규가 혼잣말하듯 하는 말에 나는 부끄러워졌다. '내 마음도 모르고'라는 철규 말이 내 가슴을 찔렀다. 내가 같이 달리고, 아이스크림 사 주고 했던 것을 모두 거짓된 행동으로 생각하는 것 같아 안타까웠다. 나는 재빨리 수습에 나섰다.

"아니다. 하기 싫으면 관두자."

"……."

철규는 아무런 대답도 하지 않았다. 내가 또 말했다.

"미안하다. 네 마음도 모르고. 네 생각은 조금도 안 하고 말이야. 너한테 미안하구나."

내가 허겁지겁 변명을 하느라고 애를 쓰는데,

철규가 웃었다. 웃으면서 말했다.

"에이, 좋아요. 해요. 어차피 달리기는 내가 이길 텐데, 뭐."

다음 날, 우리는 달리기 시합을 했다. 힘든 시합이었다. 늘 여유를 갖고 달리던 철규도 내기라고 하자, 이를 악물고 뛰었다. 나는 한 바퀴를 남겨 놓고 그만 뛰고 싶을 만큼 지쳤다. 철규도 숨을 헉헉 몰아쉬었다. 이 녀석, 괜찮을까? 하는 걱정도 되었지만 내친 걸음이었다. 막판까지 철규와 나는 앞서거니 뒤서거니 했다. 그러나 끝내 내가 이겼다. 우리가 정해 놓은 결승선을 통과하고 나자 나는 다리가 풀려 주저앉고 말았다. 철규도 마찬가지였다. 녀석은 땅바닥에 주저앉아 헐떡거렸다. 우리는 말도 못 하고 한참을 헐떡거리고만 있었다. 겨우 숨을 고르고 나서, 나는 철규 옆으로 갔다.

철규도 어느 정도 숨을 진정시킨 것 같았다. 녀석의 얼굴이 벌겋게 달아올라 있었다. 내가 일부러 크게 웃으면서 말했다.

"핫핫핫. 내가 이겼다."

"그럼, 선생님이 당연히 이기지, 내가 어떻게 이겨요?"

철규가 볼멘소리를 했다. 나는 그런 철규를 놀리듯 말했다.

"너, 달리기 많이 했다고 날 얕봤지?"

"씨, 전에는 일부러 잘 못 뛰는 척한 거죠?"

"아냐, 아냐. 잘 못 뛰어. 아까 난 죽을 뻔했다. 힘들어서 다섯 바퀴째는 포기할 뻔했다니까."

"……."

녀석이 말이 없다. 달리기에서 졌다고 풀이 죽었나 싶어 걱정이 되었다. 나는 녀석의 얼굴을 가만히 보았다. 무표정한 얼굴이다. 나는 슬쩍 물어보았다.

"달리기에 져서 기분 나쁘냐?"

내 말에 철규가 고개를 흔들었다.

"아니요. 오히려 시원해요."

"시원해? 뭐가?"

"죽을 힘을 다해서 달리고 나니까 답답했던 마음이 조금 풀어졌어요."

"그래? 너 그럼, 나한테 고맙다고 해야겠다."

"헤……."

우리는 아이스크림을 사 먹고 헤어졌다. 아이스크림을 먹으면서 녀석은 꽤 많은 이야기를 털어놓았다. 3학년 때 엄마가 돌아가신 이야기며, 엄마가 생각나면 마음이 답답해진다는 것, 마음이 답답할 때 우연히 맨발로 밖에 나갔는데 아주 시원했다는 이야기였다. 그 때부터 답답한 일이 생기면 맨발로 다녔는데, 그만 그게 습관이 된 모양이라고 했다. 이젠 양말을 신으면 답답해서 못 견디겠다고도 했다. 그러나 녀석은 헤어지면서 말했다.

"약속은 지킬 거예요."

정말이었다. 철규는 다음 날 양말도 신고 실내화도 신은 채 학교에 나타났다. 철규네 반 선생님이 내가 출근하자마자 달려와서 말해 주었다.

"선생님, 고마워요. 드디어 해내셨군요!"

"뭐, 고맙기는요……."

나는 말을 얼버무렸다. 별로 반가운 소식이 아니었다. 양말을 신고 실내화를 신으면 답답해서 못 견딘다는 철규 말이 자꾸만 떠올랐다. 나는 오히려 잘못한 게 아닌가 하는 생각이 들었다. 하지만 한편으론 언제까지 맨발로 다닐 수는 없다는 생각도 들었다. 이참에 답답한 것도 좀 견디는 힘을 철규가 길러 주길 바라는 마음도 생겼다.

복도에서 만난 철규는 날 보고 쑥스럽게 웃었다. 녀석은 실내화 신은 발을 들어 보였다. 나는 고개를 끄덕이며 씩 웃어 주었다. 일 주일이 흘러갔다. 철규는 양말도 잘 신고 실내화도 잘 신고 다녔다.

한 열흘이 지났을까, 철규네 선생님이 점심 시간에 날 찾아와서 말했다.

"철규가 또 벗었어요."

아침에 신고 온 양말과 실내화를 셋째 시간이 지나고부터 다 벗어 던지고 다시 맨발로 다닌다는 것이었다. 나는 철규를 찾아갔다. 철규는 운동장에 있었다. 정확히 말하면, 운동장 느티나무 밑에 서서 맨발로 모래를 파헤치고 있었다. 다른 아이들은 공을 차며 함성을 지르고 있는데도 말이다. 철규는 나를 못 본 체하고 흙을 파는 데 열중하고 있었다.

"철규야, 재미있냐? 그거……."

철규가 나를 힐끗 보고 대답했다.

"선생님, 약속 못 지켜서 죄송해요. 그런데…… 답답해서 못 견디겠어요. 그래서……."

"벗었다 이 말이지?"

"예."

"그럼, 뭐가 답답한지 말해 줄래?"

"할머니가, 할머니가 많이 아파요."

녀석의 말끝에 울음이 섞여 있다. 내가 놀라서 바라보니 녀석의 눈이 축축하다. 한쪽 눈엔 눈물 방울이 맺혀 곧 떨어지려 한다. 나는 철규의 손을 잡았다. 손을 꼭 잡아 주며 물었다.

"할머니는 어디가 얼마나 아프신데?"

"아침에, 아버지가 와서 모시고 갔어요. 병원으로."

"그래…… 큰일이구나."

나는 별로 할 말이 없었다. 겨우 한다는 말이 "곧 나으시겠지." 하는, 아무런 힘이 못 되는 위로였다. 그리고 이렇게 덧붙였다.

"답답하면 맨발로 다녀도 된다. 나하고 했던 내기는 신경 쓰지 마라."

"……"

철규는 대답이 없었다. 나는 여러 가지 위로가 될 말을 했지만, 철규에겐 별 도움이 되지 못한 듯했다. 내가 말을 하는 동안이나 말을 그만두었을 때도 철규의 쓸쓸하고 슬픈 표정은 조금도 나아지지 않았기 때문이다. 그럴 수밖에 없었다. 내가 생각해도 답답하기 짝이 없는 노릇이었다. 할머니가 많이 아파서 철규를 돌보아 주지 못한다면, 철규가 갈 곳은 아버지 집뿐이다. 철규가 아버지와 새엄마랑 살기를 원하지 않는다는 걸나는 알고 있었다.

마침 점심 시간이 끝나는 종이 울려서 철규를 교실로 들여보냈다. 철규의 뒷모습을 보면서 나도 답답한 마음이 들었다.

아무래도 철규에게서 전염이 된 모양이었다. 교무실로 걸어가는 내내 답답하다는 생각뿐이었다. 교무실에서 철규네 선생님을 만났다. 철규네 선생님이 물었다.

"철규 만나 보셨어요?"

"네."

"왜 다시 벗었대요?"

"나도 신발을 벗어 버리고 싶네요."

"네?"

철규네 선생님이 무슨 얘기냐며 내 얼굴을 빤히 바라보았다. 나는 그 동안에 철규와 있었던 얘기를 다 들려주었다. 다 듣고 난 철규네 선생님은 말했다.

"부끄럽군요. 담임이 되어 가지고……."

"아마도 철규에겐 탈출구인 것 같아요. 맨발이 말입니다. 다 벗어 던지고 싶은 마음, 그런 마음을 표현하는 게 아닌지……."

"탈출구……."

철규네 반 선생님은 내 말을 되뇌였다.

나는 오후 내내 답답한 마음으로 시간을 보냈다. 퇴근 시간 무렵 여러 번 운동장을 내다보았으나 철규는 나타나지 않았다. 아마 병원으로 갔으리라. 아니면 아버지 집에 갔거나. 나는 내일, 철규가 아무 일 없이 나타나기를 비는 마음이 되었다. 시커먼 때가 덕지덕지 묻은 맨발로 돌아다니는 녀석이 벌써 그리워졌다. 내일 철규가 나오면 내가 먼저 '달리기를 하자'고 해야겠다는 생각을 하면서, 나는 교실을 나섰다.

모두 함께 살아 간다는 것

햇볕이 따사로운 가을입니다. 나무도 사람도 동물도 모두 추운 겨울을 지내기 위한 준비를 하느라 바쁩니다. 뒷산 밤나무 가지엔 다람쥐 두 마리가 분주하게 오르내리고 있군요.

이 책의 주인공들은 세상에 큰 소리를 내면서 사는 사람들은 아닙니다. 어쩌면 세상의 중심에서 약간 밀려나 있는 듯한, 그런 사람들입니다. 몸이 병들고 힘이 약해진 할머니들, 엄마나 아빠가 계시지 않거나 있어도 함께 살지 않는 진희나 철규의 모습이 그렇습니다. 처음엔 인간과 함께 세상의 주인이었으나 인간들의 욕심에 밀려 세상 밖으로 점점 쫓겨나고 있는 동물도 그렇지요.

그런 이야기를 듣거나 그런 모습들을 보게 될 때 저는 가슴에 울림이 옵니다. 가슴이 울리면 그런 이야기를 쓰고 싶어집니다. 세상에 살아 있는 모든 것들이 나름대로 뜻 있는 삶을 살았으면 하는 바람을 담아서 말입니다.

또 하나, 이 책에 실린 글들의 주인공은 어린이이기도 하고 할머니이기도 하고 할아버지이기도 하고 아주머니이기도 합니다. 주인공이

나와 비슷한 사람이라면 글에 관심이 더 가지요. 그런 점에서 어린이들에게는 재미가 덜할 수도 있겠습니다. 하지만 조금만 더 생각해 보면, 세상은 가만히 멈추어 있는 것이 아니란 걸 알 수 있습니다. 나날이 변해 가고, 어린아이였다가 아주머니였다가 할머니였다가 죽어서 식물의 양분이 되기도 하는 변화의 어느 한 곳에 내가 서 있음을 알 수 있습니다.

시골 생활을 시작한 지 두 해가 되어 갑니다. 대도시와 다른 점은 계절이 바뀌는 모습을 아주 절실하게 느낄 수 있다는 점입니다. 때에 따라 변하는 자연의 모습이 아름답습니다. 그러나 아름다움은 겉모습뿐, 그 속에 사는 사람들이나 동물들이나 식물들도 속으로는 곪고 있습니다. 곪아 가는 모습을 보면 안타까움이 큽니다. 그 속에 살면서 제가 어떻게 살아야 하는지 고민을 많이 합니다. 이 책에 그런 고민을 다 담지는 못했지만 많은 사람들과 함께 나누었으면 합니다.